乱《みだれ》 舞《まい》

有吉佐和子

集英社文庫

乱《みだれ》舞《まい》

広い玄関の石畳の上には、駒下駄《こまげた》が何十足びっしりと並んでいる。黒塗りだし形も同じだから、どんなに鼻緒に履き手の好みを見せても混乱は避け難いからだろう、どの下駄にも白のエナメルで、えり子、花千代、小奴、もん太郎、まり也、栄香、千々代、などと踵の当る場所に書いてある。そういう中に、草履がときたま混ると、いかにも不粋で、駒下駄の艶っぽさが一層きわ立ってみえた。

奥の稽古場《けいこば》から洩《も》れて聞えるのは、長唄の「春秋《はるあき》」で、短いものだが、当代の家元が新しい振りつけをしてからは、梶川流《かじかわりゅう》特有の洒落《しゃ》れた一番になっている。

桜花《さくら》の巻は、風の曲。

弥生なかばの空うららかに、野辺も山路も時めきて、実《げ》にのどかなる春の色……。

紅葉の巻は、雨の曲。

菌生《そのふ》の籬《まがき》に香をとむる、菊の葉露もいつしかに、おのづからなる秋の色。手染の糸の立田姫、

織出す錦くさぐさに、人の心のなびくまで……。

風の曲と雨の曲の二段に別れている曲付けもなかなか洒落れていて、もう、眼の前に迫っている花街《はなまち》の舞踊会の総踊りにはうってつけだった。若い芸者たちは、群舞の中で、さす手ひく手を揃《そろ》えることで芸の未熟をかくすのに一心不乱になっている。

「なんだよッ。扇子の裏表も分らないのかいッ。芸者なんか、やめちまいッ」

甲高《かんだか》い喚き声が立ち、地方《じかた》がプツリと止った。稽古場の中央には先年還暦の祝いをすました梶川寿々《すず》がいた。若い頃から口の悪いのと激しい稽古ぶりで有名な女である。長唄を流していたテープがプツリと止り、舞台で汗を流していた女たちは一瞬、怯《おび》えた眼をしてこの師匠を見返った。

「三番目、ひとりで今のところやってごらんな。お前さん、さっきから扇子が一々間違ってるんだよ」

指さされたひとりが顔を赤くして二梃扇子《にちょうせんす》を操る振りをおどおどしながら繰返すと、

「駄目だったら、なっちゃないね。いつから踊りを始めたのさ」

寿々は怒るばかりで、ぷいと横を向いてしまい、稽古はまたもや一頓挫するかに見え

たが、寿々の背後に坐《すわ》っていた千春が、さっと舞台に上って、

「こうですよ」

鮮やかに二梃扇子をさばいてみせた。もう、三十歳を過ぎているのに、母親の寿々とは違って背が低く、小肥《こぶと》りした躰《からだ》は娘のように若々しかった。誰も彼女にもう十歳になる娘があろうとは思えない。

寿々は齢をとってからというものは、いよいよ頑固一徹になって、稽古も厳しすぎるほど厳しく一点一画もおろそかにしない女になっていた。普通だったら日本舞踊の師匠の生活は、それでは支えられるものではないのだが、当代家元夫人の母親、先代家元の愛人、先代家元の子の母親、という寿々の立場は、この家元の稽古場で一層の威厳となって、門弟たちは寿々の厳しさに文句をつけるどころか、却《かえ》って畏《おそ》れ謹んで稽古を受けている状態だった。

もっとも高弟たちの間では寿々親娘の存在を煙ったがる者もないではなかったが、忙しくて始終家をあけている家元に代って梶川流の要《かなめ》をしっかり締めるには若い秋子ひとりでは頼りない。

稽古の厳しい寿々と、踊り上手の千春と、そして怜悧《れいり》な秋子のトリオが、親娘とはいってもなかなかこうはいくまいと思われるような調和を持って、家元の家内は安泰であり、栄えに栄えている梶川流も安心というものであった。

稽古場は日本全国あちらこちらに殖える一方で、それも花柳界から家元猿寿郎の振付けの才を買っての申込みが多かったから、猿寿郎としては席のあたたまる暇のないほど東奔西走していた。今日も浜松の稽古場の名取式と、その花柳界の総稽古指揮に行っていて、帰るのは夜の予定であり、夜の夜中は東京の姐さん連中の稽古をつけることになっていた。

もっともこの忙しさを、壮年期に入った猿寿郎は歓迎していた。彼は溢《あふ》れるほどの健康を持っていて、先代の渋い芸風を華やかに花ひらかせた自分の力倆に充分満足していた。精力的に、彼は自身でスポーツカーを運転しながら、どこにでも乞《こ》われれば現われて、女たちを意のままに動かす仕事に熱中していた。

彼は知っていた。梶川流の家元として、彼が女たちの渇仰の的になっていることを。その中では、彼が手を出しさえすればどんなことも容易だった。そして女たちは、もともと遊興ということに馴《な》れた世界で、猿寿郎の放恣な生活態度を許しこそしても非難する者はなかった。

家元夫人である秋子の生活は、この十年来変りがなかった。家元夫人になった当初にあった門弟たちの嫉視反感が消え去ったあと、彼女の手に残されたものは梶川月としての踊りの品格と、梶川流の事務的な総元締という立場である。

今日も、稽古場は早朝から「都おどり」の稽古が続いているのに、秋子はといえばそちらへは一度も顔を出さず、「都おどり」のプログラムと出演者一覧の下に細かく数字を書いた表と首っぴきで、切符の割当てや御祝儀づくりに余念がなかった。長唄の「春秋」ののどかな節まわしとは裏腹で、この家の春と秋は、処々方々の踊りの発表会や温《おさ》習会《らいかい》が一斉に巻き起るために、稽古場も家の中もまるで騒然としてしまう。人の出入りも激しくて、かつら屋、衣裳屋《いしょうや》、劇場の大道具方などが、大姐さんたちと打合わせたり、寿々や千春の指示を仰ぎに慌しく出たり入ったりしている。

そんなときは電話の鳴り方もどことなく殺気だっていて、計算しながら秋子は眉《まゆ》をひそめた。

電話の傍に誰もいないのか、ベルがなかなか鳴りやまないからである。

「お待たせ致しました。梶川でございます」

ようやく若い内弟子の順子が受話器をとった。

「はい、梶川流の家元の家でございますが。モシモシ、はあ、サンダーバードですけど。モシモシ、えッ？　お家元が？　モシモシ、本当ですか？　はいッ、はいッ、本当なんですね？　ええッ。ちょッ、ちょっとお待ち下さい。いえ、待って下さい。私は内弟子なんです」

電話の応対がおかしいので秋子は手を止めて顔を上げた。サンダーバードは猿寿郎ご自慢の愛車である。そこへ順子が転がるように飛び込んできた。

「大変です、奥さま」

「どうしたのよ。どこからの電話だったの」

「ケ、警察です」

順子はもう蒼《あお》ざめていた。秋子も自分の顔から血の気のひくのを覚えながら立ち上り、受話器をとるまで夢中だった。

電話は第二京浜国道で、猿寿郎が交通事故を起したという内容であった。付近の病院に収容したから、至急身内の方が揃って来てほしいという。

「怪我《けが》はどんな具合でございましょうか」

受話器の向うでしばらく途絶えた声が言った。

「重態です」

秋子は息を呑《の》んだ。

電話を切ったあと、すぐダイヤルをまわしてハイヤーを呼び、秋子は部屋に戻って着替えにかかった。順子はもうわなわな震えていて、

「奥さま、大丈夫ですか、大丈夫ですか」

と言うばかり、着替えの手伝いもできない有様だった。

長襦袢《ながじゅばん》から外出用のものに手早く着替えながら、秋子は今しがた警察の言った「身内」というものについて考えていた。妻である秋子が身内であるのは間違いがなかった

が、その他には誰が猿寿郎の身内であるのだろう。重態だから身内が揃って来いというのは、もう臨終間近だという意味に違いなかった。猿寿郎の臨終に侍すべき身内というのは誰と誰だろうか。

「順子、大垣先生にお電話して頂だい。病院にいらっしゃるようなら、すぐ私が出ます」

「はいッ」

かかりつけの医院に電話をさせながらも、秋子は考えこんだ。

猿寿郎の父親は先代家元である。生れるとすぐに引取られて先代の梶川月に育てられた。生みの母とは以来顔を合わせたこともない筈《はず》である。大阪の芸者をしていた母親は、終戦後ひっそりと死んだときいていた。

秋子は一度も猿寿郎から生母を恋しいとは聞いていなかったし、子供を家元に奪われてからの女の消息を詳しく知る者は東京にはいない筈であった。異母兄弟がいるのかどうか、だから全く分らない。

親兄弟以外の身内といえば、それは猿寿郎の子供だが、美津子の娘はまるきり家元の家には出入りしていなかったから、秋子には咄嗟《とっさ》に連絡のとりようがない。

「大垣先生がおでになりました」

順子が告げに来たのと、もう一人の内弟子がハイヤーの来たのを知らせに来たのが同時だった。

「もしもし大垣先生、ちょっと大変なことが……」

「いや、うかがって吃驚《びっくり》しているところですよ」

順子が先走って喋《しゃべ》ってしまっていたらしかったが、この場合、それを叱《しか》りつける余裕もなく、

「ただ今すぐお寄りしますから、先生御一緒にお願い致します」

と、すぐ事務的な話にうつれたのが倖《さいわ》いだった。

「かしこまりました。お待ちしています」

交通事故と重態と聞いたばかりで詳しいことは何も分らない。車のシートに腰を沈めると、送り出した順子たちに会釈を返すのも忘れて、秋子は考え続けていた。

家は芸者の稽古をつける時間で、つまり午前中なのだ。猿寿郎は昨晩は浜松に泊って、やはり忙しく土地の芸者たちに稽古をつけている筈であった。それがなぜこの時間に第二京浜国道を走っていたというのだろう。

車がサンダーバードだというのなら、東京でも数の多い車種ではないから、まず間違いはないだろう。免許証は車の中にある筈だし、猿寿郎は決して他人にハンドルを握らせない。まして他の男に車を貸している筈はなかった。

浜松にいる筈の猿寿郎が第二京浜国道で交通禍を招いたことに、秋子は理由を早く見

抜いている。女だ。夫婦になって十五年、別に珍しいことではなかったし、嫉妬《しっと》の念も起らなかった。

「ねえ先生、他に乗ってたひとが死んだりしていたら、どうしましょう」

「誰が乗っていたんです」

問い返されて、秋子は口を噤《つぐ》んだ。落着いているつもりだったが、やはり動転しているのだ。親しい医者といっても、口に出すべきことではなかった。しかし心配は、やはり心配で消えなかった。死ぬのならただひとりで死んでいてほしい、と秋子は妙なことを念じていた。警官の電話からすでに秋子は、最悪の事態に出遭ったときの覚悟はつけていて、猿寿郎はすでに亡いものと思いきめていた。

第二京浜国道沿いの、小さな病院はすぐに見つかった。その手前で猿寿郎のサンダーバードが道路の中央で大型トラックと正面衝突しているのが、もう一人の警官がついているだけで、そのままの形で残されてあった。左ハンドルの外車に乗っていて、どういうわけでセンターラインを突っ切るようにしてトラックと衝突したのか、見ただけでも不思議な形の事故である。

「先生、どうしたんでしょう。運転には自信のあるひとでしたのに」

「血圧も正常で、健康体でしたからなあ。急に眩暈《めまい》がしたということも考えられませんな。しかし……」

医師は何か言いかけて口を閉じた。酔って運転する時間ではない筈なのだ。

しかも、サンダーバードはもろにトラックに突き当って鼻先を醜く潰《つぶ》してしまい、濃緑色のトラックの前でシルヴァホワイトの瀟洒《しょうしゃ》な車体は痛々しいほど惨めに見えた。舗道が雨に濡《ぬ》れていたわけでもないのに、タイヤが滑ったとは考えられない。

それならば、これは自殺行為か。だが、日の出の勢いにある梶川流の家元が何を間違って自殺を目論《もくろ》むだろう。

病院の入口で、

「梶川の家内でございます」

と言うだけで、若い看護婦は緊張し、頭を下げた。医者も、すぐに出てきて、

「お上り下さい」

と、ぼそりと言った。

秋子が予想した通りであった。梶川猿寿郎は即死だった。ハンドルにしたたかに胸部をぶつけて、吐血したまま死に、外傷はなかった。だが、踊りの家元というものは一般的にも大層な格付けのあるものと思われているのだろうか。個室のベッドの上に、猿寿郎の遺体は安置されていた。大垣医師は、そっと目礼しただけで、もう触れなかった。

廊下に慌しい足音がしたので、秋子はそっと部屋を出てみた。

「あ……」

声をあげて立ち尽したのは秋子ではなくて先方だった。芸者屋の女将《おかみ》で、やはり梶川流の古手の名取りだった。米小村《よねこむら》という屋号だが、抱え芸者が決して多い方ではない。

「梅弥《うめや》さんは大丈夫ですか」

秋子は落着いて訊《き》いた。

「は、はい」

米小村は畏れ入ったという風で頭を下げてから、もうここで隠しおおせるものではないというように顔を上げると、すっかり客あしらいのうまい姉芸者に戻っていた。

「びっくりして飛んで来たんでございますけれどもねえ、なんとか助かりそうなんでございますよ。顔に怪我はありませんし、ねえ。でも普通の躰じゃないもんですから、本当にもうびっくりしてしまって」

胸を押えたり、手をひろげたり、小肥りの躰を揺すりながら、喋って、指にはめたダイヤをきらめかせながら、洒々《しやあしやあ》として訊き返した。

「お家元の方のお具合は如何です？」

秋子の取澄ました表情からは何事も読めなかったのだろう。

「死にましたわ。即死でしたって」

秋子の返事を聞いたとき、米小村は両眼が飛び出るように驚いて言葉もなかった。

「梅弥さんは普通の躰じゃないって、妊娠でもしていらしたの？」

秋子の質問にも、米小村はびくっと身を震わせて肯《うなず》くだけで、もう声も出ないようだった。

猿寿郎の死は、その日のうちに新聞にも報道されたし、いやその前から、全国の梶川流が上を下への騒ぎになった。茫然《ぼうぜん》としている秋子の目の前で、故家元はたちまち納棺され、練塀町《ねりべいちょう》の家の奥座敷に美々しい祭壇を組んで安置された。寿々が意外なほどぱきぱきとそれらの差配をして、秋子にも喪服と着替えさせた。

弔問客は家に溢れた。猿寿郎は、派手な性格を梶川家の中だけでなく、外部にもひろげて交際していたから、突然の訃報に驚いて駈《か》けつけてくる人々も有名な文化人ばかりか政界財界の著名人やスポーツ選手などもあって多彩だった。

梶川流の門弟たちは、それらの客の接待に気を使って家の中を小走りに動きまわり、なにか賑《にぎ》やかな雰囲気はしめやかに行われる通夜とは思われないほどであった。

芝居のはねた時刻に歌舞伎座に出演中の役者たちが揃って顔を見せたときには、華やかさは絶頂に達していた。陽気な一人の歌舞伎役者が、大声で猿寿郎と同じ女を張り合った話などを披露して皆を笑わせた。

「仏は賑やかなことの滅法好きな男だったんだから、こういう話も供養だよ。なあおっ母さん」

寿々は肯きながら、

「そうですともねえ。だけど、もうこれで成駒屋《なりこまや》さんのなさることを指をくわえて見ていなければならないと思うと、仏さまも無事に成仏できますかねえ」

と上手に相槌《あいづち》を打ったつもりだったが、相手は忽《たちま》ち生真面目《きまじめ》な顔に戻って、

「跡目はどうなっているんだい。それをきめずに死んだのは、八代目も心残りだったんじゃないか」

と、周りを眺め渡した。

口跡《こうせき》のいいので名高い役者の大声だったから、一瞬、家の中は鎮まり返って、誰もがこの言葉を聞いてしまっていた。

次の瞬間、人々の視線は一斉に秋子に注がれ、それまでぼんやりしていた秋子を覚醒させた。

何かが起る、という予感を、このとき秋子ははっきりと見たのだ。

そして、それは通夜が明けぬうちに秋子の眼の前に現われていた。

梶川寿太郎は、梶川流門弟の中で、男子では最高齢の現役であったが、猿寿郎の急逝と同時に梶川流の中心になった観があった。先代の弟子で、だから猿寿郎より十歳以上も年上で、振付けの才能では家元に一歩譲ったが、古いものの守り方では梶川流で右に出るものはないと自他ともに許していた。

それで、猿寿郎も煙たがって、あまり彼を寄せつけなかったので、秋子も親しいとは

いえない。しかしこういう場合には女より男の方が事務がさばけるし、何かと頼りになるのだし、そういう意味では寿太郎が最適任であることは間違いがなかった。

「奥さん」

寿太郎に声をかけられて、秋子が猿寿郎の寝室であった部屋まで行くと、八人ほどいた人々が射るようにして秋子を迎えた。驚いたことに、その中に米小村も、美津子も坐っていた。

「告別式の案内状なんですがね、こういうことでいかがですか」

秋子の目の前に一枚の紙が差出された。

梶川流家元八世梶川猿寿郎儀、三月二十八日午前八時四十二分急逝いたしましたので、ここに生前の御厚誼《ごこうぎ》を深謝し、謹んで御通知申上げます。

喪　主　梶　川　月
門弟代表　梶　川　寿　太　郎
友人代表　江　戸　盛　造

追って告別式は左記の通り取行います。

新聞の死亡広告欄で読みなれた文字群であった。彼らも新聞広告を参考にしたものであろう。数枚の古新聞が四つ折りのまま机の上に雑に重ねられていた。

「結構ですわ、私にはよく分りませんけれども」

梶川月である秋子がそう答えると、

「そうですか。では……」

彼らは肯きあって、もう秋子には用がない様子を露骨に見せた。一隅で、寿太郎の連れてきた男弟子と女弟子の二人が、供物や花や香料などの届けものを整理するために帳面を用意し、早くも届いたものを互いに読み上げながら書き分けている。

人が死ぬというのは、こういう騒々しさを巻き起すものだとは考えたこともなかった。先代猿寿郎の葬式には千春は寿々に連れられて行ったが、秋子は根岸の家の留守番で、見た記憶はない。そのかわり先代梶川月の死んだときは、焼け跡の土蔵の中で終始を見守った。それはいかにも死にふさわしいと思える死に方だったし、葬式も芝居の「寺子屋」の野辺《のべ》の送りのように寂しくて、死というものにふさわしかった。

以来、秋子は死というものはそういうものばかりと思いこんできていたのに、長く病んで朽木の折れるような先代月の逝き方と違って、猿寿郎は風邪ひとつひかずに突然死んだのだ。秋子には何もかも勝手が違って見えた。

米小村の後ろで、美津子が思い出したようにしゃくり上げて泣いている。秋子が入ってきたとき、美津子だけは泣きはらした目を伏せて叮嚀《ていねい》に頭を下げたのを秋子は思い出したが、泣いている女に泣かない妻は声をかける気にはなれなかった。

秋子は夫を喪って、喪主という座についているらしかったが、悲しみも寂しさもなく、心の中には何もない。強いて新しくあるものを探すなら、それは奇妙な解放感であった。

十数年の重しがふいにとれたように、秋子は、心が少しふやけていて、いつものように怜悧な構えでいることは忘れていたらしい。秋子はなにげなく米小村に話しかけた。

「梅弥さんの具合はどうですか」

「はい、もう、気がつきまして、こちらへうかがうと言っているんですけれども、不調法があってはいけないと思いましたんで、まだ病院に……」

「そうですか、お大事に」

寿太郎が感に堪えたように言った。

「トラックに衝突して死ななかったというのは、奇跡だねえ、米舟さん」

「ほんとに。トラックの方も走っていたら、完全に生きちゃいなかったでしょう」

「止っていたトラックにぶつけたとはね、まったく訳が分らないな」

「魔がさしたっていうのか、ふいとハンドルを切っちゃったんでしょうかねえ」

「トラックの方じゃ誰も乗っていなかったのかね」

「荷を下ろしているときだったそうですよ」

「おかしいね、暗いときじゃないのにさ」

「八時四十二分でしょう。明るいくらい明るいですよ。あの大きなトラックが見えない筈がないでしょう」

「四十二分の、この二分というのはなんだい。即死の時間がこんなに細かく分るものなのかな」

「どうでしょうねえ」

「どうもこの二分は、ちょいとオマケくさいなあ」

あまり急な死に方だったから、美津子以外は誰も猿寿郎の死を実感として受取っていないのであった。

「奥さん、江戸先生が葬儀委員長を引受けて下さったのは、よかったですなあ」

「はあ」

「他流の奴らの鼻があかせますよ。総理大臣をやった人に友人代表になってもらったという家元は滅多とあるものじゃありません」

「そうですね」

寿太郎は大層誇らしげだったが、秋子はこういうときどの程度に喜ぶべきか見当がつかなかったので、そのまま部屋を出た。後から考えてみれば、このとき「おかげさまで」と寿太郎の労をねぎらっておくべきだったのだが、秋子はもともとそうした才覚のある女ではなかった。

棺の傍へ戻ろうとしたところを、

「秋子」

背後から、呼び止められて振返ると、寿々が怖ろしい顔をして立っている。

「なあに。どうしたの、母さん」

「寿太郎に呼ばれてったろう」

「ええ」

「何の用だったのだい」

「新聞広告の死亡通知の文句はこれでいいですかって」

「喪主は秋子になってただろうね」

「ええ、そうよ。どうして？」

「それが当り前なんだから、それでいいのさ。だけど、当り前のことが通らなくなる世界なんだから、あんたもよほどしっかりしてなきゃいけないよ」

寿々の眼が吊り上っていて、それは稽古のときの厳しさとは違う、どこかが狂っているような目つきだった。秋子はあいまいに肯き返しながら、母さんも落着きなさいな、と言いたい口は閉じていた。

「部屋には誰がいたい？」

「寿太郎のお弟子さんたちがお香料の勘定をしていたわ」

「やっぱりそうかい、フン、それから？」

秋子は部屋にいた人の名を思い出しながら問われる前に告げたが、米小村と美津子もそこにいたと言うと、案の定、寿々の目はらんらんと光り出した。

「梅弥の奴、死んじまえばよかったんだ。家元を殺して、よくものうのうと生きていられるよ」

「あの子が殺したわけじゃないでしょう。母さん、そんなことを言うものじゃないわ」

「美津子は誰に呼ばれてそこにいたんだい」

「知らないわ」

「畜生、美津子は元々は私の弟子なんだよ。千春づきの弟子が、なんであの連中の部屋にいるんだ。糸代をやって、呼び出してやろうか」

「呼び出してどうするんですよ、母さん」

「どうしようもないから腹が立つじゃないか。秋子がもっとしっかりしていれば何も困ることはなかったんだ」

「私がどうしっかりしてればよかったんですか」

秋子はむっとして問い返したが、気がつくと二人は人目に立つ廊下の先で立話をしているのであった。

「第一、何を困ることがあるんですか。妙な話はやめて下さい」

秋子は家元夫人の貫禄《かんろく》で寿々の口を封じると、奥座敷へ戻った。

梶川流の名取式や奥ゆるしの免状などの授与式に用いられる二十畳の座敷は襖《ふすま》を外して次の間をつないでも、なお通夜の客でごった返しているように見えた。秋子は線香と煙草《たばこ》の煙で空気のすっかり白濁している部屋の一隅に、黙って坐った。

誰も話しかけてこない。焼香した通夜の客は、秋子の姿を認めると必ず会釈をしたが、寄ってきて愁傷の言葉を述べる者は滅多になかった。すでに早く猿寿郎の急死に人は不審を持ち、弔問の前に必ず事情を探っていたから、猿寿郎が女をのせて交通事故を引起したことも、女だけ生残ってしかも猿寿郎の胤《たね》を宿しているらしいことなど、聞き知っていて、それで妻である秋子には挨拶《あいさつ》の言葉がなかったのだろう。

それに、うすうす秋子も気がついてきたのだけれども、その日の朝まで権威を持って君臨していた筈の秋子の母親を、人々はなるべく避けるようにしている。今までの序列でいけば、当然、寿々は喪主である秋子の背後で睨《にら》みをきかしていればいいのだけれども、寿太郎を初めとして古い門弟たちは皆ことさらに寿々を無視して動いているかに見えた。

「奥さま、ちょっと」

糸代が秋子を呼びにきた。十三のときから秋子の面倒を見ていた古い名取りである。美津子より三つほど年上なだけなのに、彼女の表情にはもう婆《ばば》のような年波が見え、踊ることよりも秋子に最も親しい門弟ということの方を喜びにしている。

秋子は何の用かと疑いもせずに糸代の後について行くと、糸代は寿々の部屋の前まできて立ち止った。

「なんだ、母さんが呼んだってわけなの？」

どうせ碌《ろく》な用ではなかろうと踵を返すつもりだったが、糸代は厳粛な顔つきで、もし秋子が部屋に入らないのならば、腕ずくでもという気配が全身に漲《みなぎ》っていた。

今朝からずっとで疲れきっていた秋子は、少しも自分の意志というものを持たない時期に差しかかっていたので、このときも秋子はふらりと部屋の中に入った。

待っていたのは寿々だけではなかった。千春と、千春の夫の崎山勤が黙って坐っていた。糸代は秋子の背後から、音もなく入ってきた。

「なんの用なの、母さん」

「大事な用ですよ」

「なんなの」

「千春をお前の養女にしておきなさい。早い方がいい。明日の朝、明けたら区役所ですぐ手続きをとって」

「ちょっと待ってよ。なんなの。それは」

「秋子に子供がないからね、いずれ揉《も》めごとが起きるからさ。その前に手を打っておいた方がいいんだよ。千春を跡つぎにしておけば、千春はもともと梶川の家の血をひいているんだから、誰に異議も出せっこない」

秋子は驚いて、千春と崎山の顔を交互に見た。二人とも黙っているが、寿々の考えに異議を持っている様子はなかった。

「だって崎山さんの方の籍はどうするのよ」

「夫婦養子ってことになるよ、だから」

「崎山さん、それは本当なんですか。あなたも千春もそれがいいと思うの？」

崎山勤は顔を上げた。彼の表情には小さな自嘲と、小さな迷いと、そして小さな誇りが複雑な翳《かげ》を持って揺らめいていた。

「義姉《ねえ》さん、不思議な世界ですねえ、舞踊界というところは。僕は二十年かかっても、まだ分らない。だから分っている義母《かあ》さんや千春がいいと思うようにやったらいいと思うだけですよ。籍だの跡つぎだのという言葉は、僕の知っている世界ではどうでもいいことになってるんですからね」

秋子は二十年前に、秋子に愛を打明けながら、猿寿郎の出現で音もなく消えていった崎山のことを、本当に久しぶりで思い出していた。その男が、十年前から妹婿として秋子の身近にいることも、考えてみれば随分不思議なできごとではないだろうか。

「千春は、どうなの。どう考えてるの？」

幼い頃から天才と謳《うた》われてきた舞踊家は、この問いを待っていたように昂然《こうぜん》として言い放った。

「だって、私より他に家元になれる人間はいないじゃないの！」


生花でびっしり縁取られた祭壇の中央で、精悍《せいかん》な顔つきをした梶川猿寿郎がおそろしく生真面目な表情のまま黒いリボンをかけられていた。青山斎場は喪服を着た女たちで埋まり、たまに見える男たちも同じように黒い紋服を来ているので目立たなかった。いや、艶色を轟《とどろ》かせて死んだ家元に対する遠慮が、この日、男の門弟たちを萎縮《いしゅく》させていたのかもしれない。女たちは踊りで鍛えた躰を、形よく黒衣の中に隠しながらも、白いレースのハンカチを動かして、それぞれの姿のいい、泣き方を心得ていた。誰が見ても華やかな葬儀であった。

春の最中に死んだというのに、白い生花の殆《ほとん》どが秋を季節とする菊の花である。科学の発達は花も胡瓜《きゅうり》やバナナと同じように四季をかまわず咲き揃うようにしてしまった。他のどの花より持ちがよくって香りが葬式向きで、おまけに高雅な姿を持つ白菊は、たまにひらひらと花弁を散らせても、一層気品が高く見えた。

祭壇の下で、白水晶に朱房を通した数珠《じゅず》を手にして喪主の座についている秋子は、振返って花を見る余裕はなかったが、背後から襲うように迫ってくる菊の香りにむせて、今はもう自分の全身にその匂《にお》いが浸《し》みついているような気がしていた。菊の香りは未亡人にふさわしいものなのかもしれない。

花柳《はなやぎりゆう》流に次いで門弟の多い流派でもあり、殊には猿寿郎が彼の代の絶頂期に急逝したためもあって、葬儀は盛大を極めていた。政界、財界、文壇、芸能界からそれぞれ一流の有名人が立って弔辞を読んだ。歌舞伎の成駒屋は素手で祭壇の前に立ち、

「今日は役者じゃねえから台本なしだ。友だちとして思うのだが、おい梶川、君はちいと早く死にすぎたぞ」

と涙で声を曇らせたときは、女たちの啜《すす》り泣きが堂に満ちた。

「みんな泣いてるぜ、梶川。これだけ女を泣かせたら男冥利《おとこみようり》だろうけれども、なあ、後継ぎもきめねえで死んじまって、来月の僕の演目《だしもの》はどうしてくれるんだい。みんな困ってるんだ。当分は君も成仏はできまいってんだよ、都おどりの連中も大迷惑だ。音楽の盛り上ったところで録音テープがプッッと消えちまったような具合だ。本当に困ってるんだぜ。八代目。まわり一面に期待させておいて、さっさと自分一人で消えてしまうなんてのは、いかにもフケの梶川らしいが、しかしひどい話だよなあ。外国へ行ったのと違って、戻って来てくれともいえない。仕方がないから、それぞれ君の手を出しかけのところが落着くまで、見守ってやってくれよ、なあ」

型破りではあったが、いかにも人情的な、世話物の得意な役者らしい弔辞であった。猿寿郎の写真を仰ぎ見ながら、ぼつり、ぼつりと話しかけ、その間、女たちの泣き声は止まなかった。

しかし成駒屋の言葉のように、みんな泣いている中で、秋子は遂に泣かなかった。みんなが困っている中で、自分だけは困っていない、と秋子は頑《かたく》なに思いこもうとしていた。成駒屋の言葉にまったく感動していないわけではなかった。彼の弔辞からは明確に亡き猿寿郎の人徳が偲《しの》ばれる。

秋子は意外の感に打たれていた。あの悖徳《はいとく》の固まりのような夫が、頼もしい友人たちを男の世界に持っていたというのが、秋子には不思議でたまらない。調子がよく、程がよく、それでいていつ寝首を掻《か》くか分らない男だと用心されているものとばかり思っていたのに、通夜から今日までの間に、いったいどうして猿寿郎の性格のこすからい一面は棒引きにされてしまったのだろう。

睡眠不足のせいもあって、秋子はぼんやりしていた。そういう中で成駒屋の弔辞だけが聞えたというのは、他の弔辞がいかにも型通りで、面白くなかったからかもしれない。

葬式が終って一般参会者の焼香が始まっていた。直系の名取りだけでも葬儀場に入りきれなかったのだから、焼香の順を待つ人々は外に長蛇の列を作っている。春とはいっても、昨日は粉雪がちらついたくらいで、風も空気もひどく冷たい。そのせいもあって喪服に白を重ねている女たちが多く目に立った。

孫弟子やら曾孫弟子という可愛いいのまで、焼香するごとに喪主席に深々と頭を下げ、ずらりと門礼に立っている縁戚《えんせき》や高弟たちに叮嚀に挨拶して出て行く。そういう中で、忙しい映画俳優や作家などが、焼香まで念を入れるだけで、あとは身を翻すように出て行くのが颯爽《さっそう》として見えた。それでなくても、何千回となく頭を下げるのに疲れ果てている秋子には、一人でも二人でも前を素通りしてくれるだけで大助かりなのだ。

猿寿郎急逝この方、秋子には思いがけない出来事ばかりがびっしり隙間《すきま》もなく時間の中に詰っている。こうして機械的に焼香する人々に頭を下げながら、秋子はそれから幾つかを思い出していた。

焼き場での出来事が、妻としては何より鮮明に思いだせた。棺を一つの扉の中に押しこみ、ベルが押され、棺は一瞬にして電熱で火に包まれる。

時間がきて、二階の骨揚げ場で待機していると、ガラガラと機械の動く音がして、骨だけになった猿寿郎が生理学教室の骨格見本のように横たわって親族高弟たちの面前に現われ、はっと息を呑むとすぐ係員が無造作にそれをふるいにかけ、骨をごちゃまぜにして灰を落す。初めて秋子の躰をひらいた男の死の無惨さに、このとき秋子は初めて妻らしく慄然《りつぜん》とした。

死というものは、しかし、焼き場の男たちが振舞っているように日常茶飯の、ごくありふれたことに過ぎないのだ。誰が死んでも、ガラガラと灰ふるいにかけられてしまうものなのだ。と、今では秋子は自嘲のようにそう思っている。

それというのも、小さな骨壺に納められ、名ばかりの妻の膝《ひざ》の上に永遠の表情を持って家に戻った梶川猿寿郎をめぐって、梶川流内の各派の対立がそのときから切っておとされていたからである。

通夜のときには、猿寿郎の急死という突然の出来事に、多くの人々はまだ目も耳も疑うという有様であったし、家元の跡目相続という大問題が控えていると意識しているひとびとも、互いの肚《はら》の内を探りあったり、流派以外の、はっきり言えば他流の手前もあって、いきなり、争いを起すまいと自戒していたのだが、それが骨壺におさまった仏の前では、もろにむき出しになってしまったのだろう。

秋子はのろのろと動く焼香の列を眺め渡して、これに較べてあれは、まるで竜巻のようだったと回想していた。

ごほっと重苦しい咳《せき》をして、梶川寿太郎は家に帰った猿寿郎に線香を上げたあとで振返り、

「ただ今から、お家元の御霊前で流派の跡目について御相談いたしたく存じます」

と言い出したときには、さすがの秋子も驚いたものであった。そのつもりでいるならいると、秋子ぐらいには事前に耳打ちしてくれていてもいい筈だと思われたからである。

秋子でさえそう思ったくらいだから、まして寿々などはすぐ気色《けしき》ばんだ。

「そんな大事なことを、これっぱかりの中で相談するっていうんですか」

寿太郎は充分その反問には用意ができていたらしく、傲然《ごうぜん》として見返ると、

「今日は内々の相談事です。梶川流の中を統一しておかなければ、後援者の方々に御相談を持って出ても醜態をさらす結果になるかもしれませんからな。万が一の話ですが」

と答えた。

「内々といったって、梶川流の門弟は北海道から鹿児島まで全国に五万からあるんですよ。それを、たったこれだけで相談だなんて、家元が生きていらしたら笑い出しますよ」

寿々は居丈高に言い、小さな眼をキラキラ光らせながら鼻の先で笑ってみせた。

「第一、あなた、流派の跡目などというのは相談しなくたってきまっているじゃありませんか」

五万の門弟を代表するのに数人では少なすぎると非難しながら、続けて、次の家元はきまっていると独断するのだから、大事の瀬戸際でも寿々の論法は身勝手が過ぎた。

「これは異なことを承る。私どもは家元御生前に一度でも跡目のお話はうかがっておらんのですが、上根岸さん、あなたはいったい、いつ、家元から聞かれたというのですか。これはいい加減なことですむ問題ではないのですから、証拠があればそれを見せて頂い

た上で、我々も慎重に検討しましょう」

踊りの世界でどれだけ年功を積んでも、会議とか討論には不馴れな人たちだから、緊張すると大時代な歌舞伎の台詞《せりふ》が出たり、テレビで急に日常化された妙な文句が続いたりする。だが、誰もその滑稽さに気のつく者はなかった。

上根岸さん、と呼ばれた寿々は、それだけでもう眼を剝《む》いていた。この練塀町の家元の家に、家元夫人の母親として納まって以来十余年の間、誰も寿々を上根岸さんと呼ぶ者はなくなっていたからである。上根岸というのは秋子と千春の生れた家のあったところだ。寿々が一介の町師匠であった頃の家と稽古場のあった町名が上根岸である。その上根岸の家は、ある時間、先代家元の猿寿郎が妾宅のようにして通いつめたこともあった——。

たえて久しく呼ばれたことのない呼び方をされて、寿々の心は凍りついた。長い間、この家元の家の中で、お母さん、お師匠さん、大きいお師匠さん、などと呼ばれていたのが、猿寿郎の死と同時に上根岸へ蹴《け》り戻されるとでもいうのか。寿々は、氷の張った水面を拳で叩《たた》き割るように、喚きたてた。

「証拠だって！　証拠というなら私というものが証拠ですよ。これまで家元の家の稽古場は、私が預かってきたんだ。家元直系の弟子で私から稽古をつけられたことのない者が一人だっているというのですかよ。あったらお目にかかりたいね」

「それとこれとは話が別ですよ、上根岸さん」

梶川寿太郎は、鷹揚《おうよう》に寿々を遮りながら、眼の奥では嗤《わら》っている。寿々が興奮して常軌を逸すれば、それは彼の思う壺なのだ。

「いいえ、別なもんですか！」

寿々は一層、金切声をあげた。

「別ではないということなれば、ですな、家元はどなたを跡目にときめておいでになったのですかな。今のお話では、上根岸さん、あなたが代稽古だったから、あなたが、という具合に聞えますが……？」

踊りの師匠というものは、どれほど権威を持っていたところで金持の子弟を集めて温習会でまとまった金を稼ぎ出すというのが商売なのだから、年功を積めば積むほどいやらしく抜けめがなくなってくる。寿太郎がそのいい例だった。先代家元の愛を享《う》け、戦後は当代家元の義母となった寿々などは、思いったけ遠慮なく怒鳴りまくって踊ってきただけに、こういうやりとりでは束になってかかっても寿太郎にはかなうわけがない。

「私じゃありませんよ、私じゃありませんよ！」

寿々は慌てたが、寿太郎にとってはまさに赤児の手を捻《ひね》るようなものであったろう。

「それでは誰方《どなた》です」

「分ってるじゃありませんか。千春ですよ！」

予期していながらも一瞬、一座は白けきった。秋子も息を呑んだ一人だが、それにしても見事だったのは、母親に名ざされた千春自身の態度だった。

彼女は皆の視線が一身に集まるのを、まるでもう何年も前から知っていたように平然と受止めて身じろぎもしなかった。ずっと長い間、天才少女の名をほしいままにしていた小さな躰が、いつの間にこれほど堂々とした押し出しを持つようになっていたかと姉の秋子さえ眼を疑ったくらいだった。瞑想《めいそう》しているように、千春は周囲の波立った気配さえまったく黙殺して、まるで踊りの翁のように、自分一人の三昧境にいるように見えた。

「ははあ、なるほど」

寿太郎は尤《もっと》もらしく肯いて見せたが眼の奥の嗤《わら》いは消えなかった。

「それで、家元が後継ぎにすると仰言《おっしゃ》った証拠というのはどういうもので……？」

慇懃《いんぎん》無礼《ぶれい》な物腰が、いよいよ寿々を狂わせた。

「だから証拠は私だと言ってるじゃありませんか。千春は先代家元の娘なんです。亡くなった家元の実の妹ですよ。それに異論があるというんですか！」

「千春さんが先代のお血筋だというのは、まあ今となって確かめようもないことですが、それをとやかくいうのは今更らしいから、これはやめておこうじゃないですか」

「なんですって、千春が先代家元の娘ではないとでも仰言るんですか！　先代が千春の生れた七日目に名付祝いに下さった扇子だって御直筆で残っているんですよ」

「いやいや、上根岸さん、血筋ということを言い出すなら、千春さんだけではなくなって、これはもう大変にややこしいことになると言っているのですよ」

「それでは千春以外に誰が家元になれるというんです?」

「そう頭からきめてかかられては困るのですよ。実は、我々の方では、上根岸さんにはこの際出席を遠慮してもらおうかという話もあったくらいですからね」

「な、なんですって?」

「上根岸さんが千春さんを推すということはまず分りきってましたしな。しかし、この際家元が亡くなられた上は総てを白紙に戻して、梶川流をまとめて、一致団結させることのできる人格者をおかなければならんということですよ」

「へえ、それでは千春は不適任だと仰言るんですか。誰なら、その一致団結ってことができるんです?」

寿々がようやく我に返って、冷笑を含んで問い返した。

「されば、それが御相談のところですて」

寿太郎が、あいまいに口を閉じて部屋の中を見渡した。

部屋の中にいるのは、猿寿郎の未亡人である秋子と、母親の寿々、妹の千春、その夫の崎山勤、その奇妙な一族の他には、美津子、米小村、寿太郎の門弟である寿也という老婆、大阪の元締役になっている梶川紋之助、その門弟の小紋、それに寿太郎を加えて十人という顔ぶれだった。

葬式の青山斎場では、秋子が喪主の席につき、寿々と千春は、秋子を護衛するような形でその背後に坐っていた。寿太郎は門弟筆頭として、また葬儀の総指揮者として、ことりまわしのきく数人の弟子たちを頤《あご》で使って細かい注意を与えながら、自分は傲然として門礼の先頭に立ち、参会者の一人一人に叮嚀に、叮嚀すぎるほど叮嚀に挨拶を返している。

門弟の数が多いから、美津子も米小村もどこにいるのか、今日の秋子の席からは居場所の見当もつかない。ただ、寿太郎の門弟である寿也と、大阪の紋之助に介添えされている小紋の存在が、すぐ自分の傍に立っているだけに秋子には気懸りだった。

夫の猿寿郎に女出入りの多いことは知りすぎるほど知っていた。猿寿郎の子供だといわれているのが美津子の子供だけでなく噂《うわさ》だけなら数人に及ぶことも知っている。生前それとなく、その子供の始末はどうするのかと訊いたことがあったが、猿寿郎はにべもなく、

「芸者だよ、相手は。旦那《だんな》の子供が入籍できなくて、僕が相手なら世間態もいいというので言って歩いているのを、一々真にうけて認知なんぞできるものかよ」

と言い放った。

「それでも美津子さんの子は、間違いなくあなたの子なんでしょ」

「あれは、若気のいたり。今なら堕ろさせていた筈だ。しくじった」

「まあ、ひどい。自分の血筋に愛着はないんですか」

「ないよ。自分は腹を痛めるわけじゃなし、不恰好《ぶかっこう》になった女から、あなたの子を産みますと言われるときの男の情けない気持ってのはないんだぜ。いやだねえ」

「無責任な話だわ」

「そりゃそうだ。しかし、最初から責任は棚上げで口は封じてある。誰も僕に責任をとれとは言わないさ。秋子も御安心だよ。これだけ心掛けのいい亭主ってものはないぜ」

秋子は呆《あき》れ返って、大事な話もそれきりになってしまっていた。

寿々と寿太郎のやりとりにしても、だから秋子は未亡人として割って入って仲裁するだけの材料がない。

だが、あのとき寿太郎が口を切った目的は、九代目家元を誰にするかという具体的な問題よりも、まず寿々の存在を家元の家から抹殺することにあったのではなかったろうか。

寿々が、今の梶川流では教え上手で厳しい仕込み手だということには、誰も異を唱えないのであろうが、我物顔で家元の家に納まっていることには、家元の亡くなった今、ひとびとは心鎮まらないものがある。先代家元の愛を享けたといっても、要するに、浮気の対象となって子をもうけただけで、妾と呼ぶにも足りない相手なのではないかと、今さらになって梶川流の門弟たちは、これまで寿々を大師匠とたてていた者たちまで、彼女の存在を忌々《いまいま》しく思うようになっていたのであった。

寿々にしてみれば、こんな口惜しい想いをこの年になって、と歯嚙みもしたいだろう。家元の家の代稽古は、十年前は千春はアメリカだし、秋子も若過ぎて人に教えるどころではなかったから、寿々の役目になるのは当然だったのだ。猿寿郎にしてからが、それをいい調法にして、外へ飛び歩き、梶川流今日の隆盛を築いたのである。いわば寿々は、梶川流にとっては猿寿郎に継ぐ功労者だったのだといっていい。それが、猿寿郎が急逝すると同時に邪魔もの扱いされたのでは、泣いても泣ききれないだろう。

秋子も睡眠不足だったが、寿々はその上に無念の情が亀裂割《ひびわ》れて、皺《しわ》の一本一本が深く昏く、陰惨な顔つきになってしまっていた。焼香を終えて喪主の秋子に挨拶する人々の殆どが、秋子の肩越しに幽鬼のように立っている寿々を見て、ぎょっとしていた。

「母さん」

秋子は、焼香の列がほんの一時途絶えたところで、そっと振返って寿々を呼んだが、返事がない。寿々の膝の上の手は硬直したように固く握りしめられている。

「母さん」

秋子は手を伸ばして寿々の拳に触れ、その冷たさに全身でひやりとした。斎場は最初の内こそ底冷えがしたけれども、今は人いきれで白を重ねた喪服では汗ばむほどの温度になっている。その中で、寿々の手の冷たさは、明らかに異常だった。

秋子の手が触れてもなお、寿々は宙を睨みすえたまま、姿勢を崩そうともしなかった。天が崩れて寿々の上に落ちてきても、気がつかなかったかもしれない。今日まで三日の間に、寿々をめぐって行われた討論と陰謀の数々に、六十過ぎた寿々の躰は疲れ果てていたのに違いなかった。

秋子はもう一度寿々の膝に手を置いて、大きく揺さぶり動かそうとしたが、人の近づく気配に、はっとして振返った。

「この度はまことに急なことで、御愁傷の申上げようもございません。お心疲れなさいませんように、皆さまお大事に」

よどみなく隙のない挨拶をしているのは、美杉流家元の美杉公栄であった。水商売上りの舞踊家が多い中では異色の令嬢家元で、流派としては小さいが、舞踊家としての彼女の名前はジャーナリズムではかなり高名であった。秋子の夫も、幾度か組んで踊ったことがある。それにしては、そっけない態度であったけれども、猿寿郎が相手では下手に嘆いては誤解されると用心しているのだろう。まことに人はさまざまと秋子は思わないわけにはいかない。

美杉公栄に応えているとき、焼香台の中央で、

「先生ッ」

と言いざま、うわあッと泣き出した女がいた。当然、斎場内の人々は総立ちになった。梅弥だった。袂《たもと》の長い喪服をどこかだらしなく着て、数珠も持たずに両手をだらりと下げ、顔を上げて猿寿郎の写真を見上げたまま手放しで泣いている姿には、お夏狂乱を彷彿《ほうふつ》とさせた。

人群れを掻きわけて米小村が突進した。寿太郎のめくばせで男の弟子が早く近づいて、梅弥を抱きかかえて外に連れだそうとした。

「止めないでよ。私も一緒に死にたかった。私も一緒に死にたかったのよォ」

梅弥は泣きじゃくりながら喚きたてた。

「先生、ご免なさいッ。先生だけ死なせてしまって。でも先生、私は、私は……」

米小村が何か言い、男弟子が羽交いじめにすると、梅弥はいよいよ狂いたって、全身で抵抗した。急いで喪服にとりつくろったものらしく、長襦袢は白でなく普段着の、それも十九歳の彼女に相応《ふさわ》しいかなり赤がかったものだったから、胸がはだけ、袂のふりが飛び出すと、もう見られたものではなかった。梶川流の門弟たちは、まったく周章狼狽した。

寄ってたかって担ぎ出される梅弥を茫然として見送る人々の中で、秋子だけが痛ましげに見守っていた。夫を盗った女だという恨みの念は不思議になかった。秋子も女だから、諦《あきら》めてはいても猿寿郎の女出入りを耳にする度に躰に突き上げてくる不快感は、どうすることもできなかったものだけれども、当の猿寿郎が死んでしまうと、嫉妬の念は風が吹きぬけたように失せてしまっているようであった。秋子は狂乱の梅弥を見て、十九歳という年齢を思っていた。

二十三歳で猿寿郎に抱かれるまで、秋子は処女であった。妹の千春の夫になっている崎山とは、ただ淡く唇を交わしたことが一度あるだけだ。梅弥の齢のときには、秋子はもんぺをはいて空襲警報が鳴るたびに防空壕《ぼうくうごう》の中に飛び込むという生活を続けていた。

時代も変ったことだし、梅弥は中学校を出るとすぐ見習に入った芸者だから、較べようはないのだけれども、それでも秋子は梅弥に年の若さというものを一途《いちず》に見ていた。あの齢で妊《みごも》って、その男に突然逝かれたら、それも運転台より危険と思われている助手席にいて自分だけ奇跡的に助かってしまったら、どんなに途方に暮れるだろう。いくら花柳界で育っても、まだ鍛え上ってはいない十九歳の若さでは、どれほど死んだ猿寿郎が恋しいか分らない。

秋子は、いつか梅弥に心を合わせて梅弥の男の死を悼《いた》んでいる自分に気がつくと、そのことにだけ動揺した。それまで秋子は自分の夫の死を悼んでいなかったからである。

秋子の夫はずっと前から秋子を家元の妻の立場だけに止めて自分の躰を寄せていなかった。だから秋子にとって猿寿郎の死は、梶川流家元の死であって、それ以外のものでなはなかった。事実、猿寿郎の遺体が家に運び込まれて以来、彼の死は、家元の死以外の扱われ方はしていなかった。秋子は梅弥の嘆きを見るまで、それを疑いもしていなかった。通夜の翌日から今日まで、次期家元の座をめぐって行われている策謀と相談と、流派外部の有力者に対する人々の暗躍――そこには個人梶川三千郎《みちろう》の死を悼むものは爪《つめ》の先ほどもなかった。

「姉さん、姉さんがしっかりしないからいけないのよ。梶川月という名前は、猿寿郎に次ぐ流派の元締なんだから、梶川月の一声でおさめてしまうのが当然なんだわ。それを、私たちを養子にするのもまだしないし、姉さんが何を考えているのか、私には分らないわ」

千春が不満を押えかねて言いだしたのも、つい昨日だった。

「この騒ぎの中で夫婦養子などをしてごらんなさいな。それこそ、陰謀だって悪口を言われて、梶川流は蜂《はち》の巣をつついたようになるにきまっているじゃないの」

たしなめると、

「それじゃ姉さんは、騒ぎさえ起らなければ私たちを養子にするつもりがあるってわけなのね」

釘《くぎ》を刺しに来たから驚いて、

「正直に言って、私は跡目がきまってからなら、そのひとを養子にするという考えが正しいと思うの。みんなの意見がまとまって千春に家元を継がせるというなら、そうなるわよね」

と、できるだけ落着いて理を説いてみたが、千春の不満はむしろ反感に変ったくらいで逆効果だった。

「姉さんには、私を家元にする気はないってわけなのね」

「そんなことは言っていないでしょう」

「だって、みんなの意見という中には、姉さんの意見は入ってないみたいよ」

「私の立場からは、少なくともあなたを推薦するわけにはいかないわ」

「なんの立場よ」

千春の口調に冷笑が含まれているのに気がつくと、秋子の態度もねじけて、思ってもいない言葉が口をついて出ることになる。

「あなたの言った梶川月という立場だわ」

「フン」

「妹だからというので、あなたを推薦したら、母さんと同じように返り討ちにあうのがオチじゃないの」

「妹じゃなかったらどうなの？」

「養女にしておけば、もっとひどい反対を受けるわよ」

「そうじゃないのよッ」

千春は苛立《いらだ》たしげに叫んだ。

「私が妹じゃなくて養女じゃないとして、私の踊りと振付けと私の弟子を考えて頂だいと言ってるのよッ」

「…………」

「私より踊れる舞踊家が他にいるのかどうかということだわ」

「そうね。あなたは子供のときから、天才と言われていたし、今でも抜群の踊り手よ。他に本名で梶川流を名乗っているひとはいないのだし、梶川千春が特異な存在だということは誰でも知ってるわ」

「女学校を出ていると言い方がまわりくどいのね。それで、どうだというのよッ」

「母さんが反感を買っているのは何故か考えてみたことがある？　あなたに対しても、それに似たものを、ひとが持っていないかと考えたことがある？」

千春は一瞬息を呑んだが、すぐ反射的に吐き捨てるように答えた。

「そんなの、嫉妬だわッ」

「そうでしょうね。私もそう思うわ」

秋子は肯きながら、随分長い間、幼い頃から自分が千春に対して嫉妬を持ち続けてきたことを思いだしていた。それが失せて、自分も舞台で見事に胸を張って踊ることができるようになってから、もう数年になる。千春は鼻先で笑ったが、梶川月としての秋子の自信は揺るがない。

泣きわめいている梅弥が担ぎ出されたあと、奇妙な静けさが斎場に白っぽく広がりわたった。焼香をすまして頭を下げて通って行く人たちに秋子は機械的に頭を下げながら、梅弥の躰に障りのないことを念じていた。梅弥が、どんな子供を産むか、なぜか楽しみだった。心待ちにしている自分を、さすがに秋子もやがて気がついて、奇妙なことに思っていた。

千春の子供のベティは、今年十歳になる。生れたことは、後で知った。そのせいか、寿々や千春にとりわけ厳しい稽古をつけられているのを見ても格別の情は湧《わ》かない。美津子の子供が生れるときは、噂を耳に入れたから、それも反感に燃えた糸代の口から聞いたから、不思議に冷静に一人の人間の誕生を祝福できた。しかし、それ以後、一度でも、その子供の顔を見たことがないのだから、秋子は愛憎いずれの気持を彼女に抱いているのか自分でも見当がつかない。美津子の子供はもう高校生になっている筈であった。

梶川寿太郎の肚の中には、どういう考えが蔵《しま》いこまれているのか、秋子には見当がつかなかった。彼は表面では家元未亡人としての秋子に慇懃な礼をとってはいたものの、それより親しく近寄るということはなかった。もともとが先代の門弟で古典舞踊の専門家だったから、秋子の夫の芸風には従いかね、猿寿郎の方でも父親の弟子で自分より遥《はる》かに年長だという寿太郎は敬遠していたものだから、秋子も夫の突然の死までには年に一度の梶川流大会以外に滅多に顔をあわせる機会がなかった。それだけに、寿太郎の性格も人柄も、秋子の方からは推しはかりようがない。自分の方から寄っていって相談を持ちかけるようにはかったものかどうか、そんなことをして、ぽいとはねつけられてしまったら、それこそ笑いもので、寿々と千春をも含めて家元の血縁は全滅してしまう。秋子は惑いながら、初七日を迎えていた。

その日は、練塀町の家に、梶川流の主だった門弟たちが殆ど集まってきていた。誰がどう下知《げち》したわけでもなかったのに、なんとなく今日は何かありそうだと誰もが思い、申しあわせたように色紋つきに黒い帯を締め、あらたまった顔つきである。稽古場の舞台に続く広い座敷が今日の法事のために用意されてあったが、読経《どきょう》が始まる頃にはもう立錐《りっすい》の余地もないほど女たちが一杯に詰ってしまっていた。その中には相変らず米小村と美津子と、大阪の紋之助に介添えされた小紋と、寿太郎の門下の寿也が混っていた。

法事のあと、軽い食事を配り、それから寿太郎が長唄の稽古でつぶした野太い声で、

「一時から今後のことで御相談いたしたく存じますから、こちらに再度お集まり下さ

い」

と繰返した。声が徹底しないといけないと思ったのか、すぐ弟子たちが紙にマジック・インキで同じ趣旨の文章を書いて、座敷と玄関に貼《は》り出した。

「あれはみんな秋子に断わりなしにやっているのかい？」

寿々が憤りを押えかねて、黝《くろ》ずんだ顔で訊した。

「いいえ、ちょっと前に、こうやりましょう、いかがですって、訊きにくるのよ」

「莫迦《ばか》にしてるよ、本当に。誰が寿太郎にそんなことを許したんだ。推参じゃないか」

「それでも、梶川流の最長老ってことだから仕方がないわよ」

「最長老なら他にいくらだっていますよ。私だって、あいつといくらも違やしないんだから」

「母さんではまとまらない場合なのよ、まだ分っていないのね」

「へえ、それで秋子はどうするつもりなんだよ。一人だけ関係のない顔をしてるじゃないか。本来ならば、全部取仕切って流派をまとめるのが秋子の役目なんだよ。どうしてそんなに落着いていられるんだか、私にはお前の気持がまるで分らない。千春も姉さんは何を考えているんだろうって言ってる。糸代だってじりじりしてるんだ」

「私が何を言ったって、今は誰も耳を貸しませんよ。母さんとぐるだって思われてるんだから」

「ぐるではいけないってのかい？」

「そう思われていたのでは、まとめようがないじゃありませんか」

「秋子、お前は、やっぱり……」

「今日は多勢が集まってるんです。中には母さんに仕込んでもらって感謝している人たちも少なくはない筈ですよ」

「それはその筈だとも。それでなくっちゃ、梶川流は義理知らず恩知らずの寄り集まりですよ」

「ともかく、みんなの考えを聞いた上のことですから」

「みんなというのは銘々勝手ですよ。まとめようとしないかぎり、まとまるものじゃないんだ」

「でも、無理にまとめるのは一層無理なことかもしれませんよ」

「秋子はどうしようっていう気なんだよ」

寿々はじれったがって、眼を怒らした。

「私は」

秋子は、寿々や千春が興奮すればするほど冷静になってしまう自分に、自分ながらじれったさを感じ始めるようになってきている。

「私がどうするかということは、今日の集まりで出てきたありったけの意見の中から、自分で考えて決めたいと思ってるのよ、母さん」

「へええ、他人に言うような言い方だね」

「私は、母さんや千春や自分と、梶川流とは一体どういう関係なんだかということも、この機会に考え直したいのだわ」

寿々は嘆息して立ち上った。

「秋子を女学校などへ上げるんじゃなかったよ。先立つものが理屈で、その他には親もなければ踊りもないんだ」

「そんなことないわよ、母さん」

「そうだともさ。そうとしか聞えないよ」

寿々の眼はこのとき俄《にわ》かに厳かな光を放った。

「いいんだよ。もうあたしゃジタバタしないんだ。最後の覚悟はできているんだから」

「穏やかじゃないことを言うじゃないの、母さん。最後の覚悟って、何なんです」

「千春を分家させて、分家の家元にしてしまう。私の弟子と千春の弟子をあわせれば、フン、寿太郎や紋之助に負けるものか。秋子が私について来るかどうかは、今からよく考えた方がいいよ」

分家。分家の家元。秋子は耳を疑った。それはしかし疑う必要もない、誰もが思いつく考えに違いなかった。しかし、このとき秋子が茫然としたのは、そうしてまでも家元という立場や地位を得ようとしている寿々の執念というものであった。

家元。それは流派の元締であることの他に、財政的にも流れを汲《く》むものから確実な所得を得ることのできる立場であった。花柳流ではすでに全国の門弟から送られてくる月謝類を電子計算機にかけるという噂があったが、梶川流でも素人《しろうと》の手には負えなくなって専任の計理士を雇っている。梶川流師範の看板をあげる者は、その師範免許をとるとき応分の礼金を納めた上に、月々一定額のものを家元に送るのがしきたりであったし、孫弟子彦弟子の名取料は、すべて家元のところに納められた。全国各地の梶川流の師匠たちが催す温習会も、家元の許可を必要としたし、許可をとるには応分の謝礼を必要とした。その他、家元の出演料は莫大《ばくだい》なものであったし、演出・振付け、その新作の使用料は法的な著作権がないだけに家元の権威次第で、いくらでも高額に取立てることができる。

家元。それは経済的に優位であり、流派内に及ぼす力の強大さを持つ以外に、対外的にも輝かしい地位を示すことができた。東都新聞が催す年に一度の各派家元大会にも、文字通り家元だけが出演できるのであり、流派の存在を際立たせるべき華の舞台であった。誰の新作上演より、家元と呼ばれる者の新作上演の方を新聞は大きく書き立てるものであったし、実力のない青二才が大きな名跡《みょうせき》を襲っても、かつて八代目猿寿郎がそうであったように、若さ、そぐわなさも日月を経るうちにいつか家元の貫禄というものも育ってくる。

家元。それはこの近代社会にあっては、実に不思議な存在といわなければならなかった。崎山勤が、自嘲しながら答えたように、秋子もこの不思議なものに対して何一つ正確なイメージを摑《つか》んでいない事実に気がつかないわけにはいかなかった。梶川流は誰のものなのか。家元というのは、どういうものであるべきなのか。

定刻以前に、大広間も稽古場ももうすっかり人が一杯になってしまっていた。舞台に立った寿太郎が、開口一番に、こう挨拶した。

「皆さま御承知のように家元が急逝されましたあと、あまりに突然のことでありましたために、今以て次期の家元が定まっておりません。これは他流に対して梶川の権威にもかかわることでありまするし、また対外的にもまことに体裁が悪く、げんに私のところにも再三再四、新聞社から次の家元は誰だ誰だとやかましく訊きに来ておるという始末であります。思えば亡くなられた八代目は、それだけ華やかな才の持主であり、梶川流もそれだけ注目されているのであるということですから、これは我々も私欲に囚《とら》われず、ひろい心で慎重に九代目を襲われる方について、御相談をせねばならん、と存ずる次第であります。亡くなられた家元も、突然の今日を予期されておられなかったのでありましょう。御自分の後継者については折にふれて何かもらされていたことはおありでしょうが、この際、お集まりの皆さんからそれぞれお知恵を拝借し、我々の考えをまとめて、それから後援者の方々の御意見を仰ぐという段階を経たいと思います。御異議ございませんか」

家元独裁に長く馴らされていた舞踊家たちはこういう相談や会議の進行にはまったく面喰ってしまっていて、異議も何も出る気配はなく、しんと鎮まり返ってしまっていた。

それを見越していたのかどうか、大阪の紋之助が、発言をした。

「いろいろな方法がありますやろなあ。選挙できめるちゅう民主的なやり方もよろしですやろし、亡くなられた家元にお親しい方に、ひとまず家元を預かって頂いて、協議制といいますか、まあ、そういう形で三人四人を選ぶというのもよろしいですやろし」

「選挙というと、全国の名取りに選挙権があるわけになりますな」

と、寿太郎。

「そうだす、そうだす」

「すると、むやみと名取りだけふやしている師匠が、情実で票を集めて、技術も人徳もない家元が出来上る危険もあるわけで、民主的も事によりけりですな」

寿太郎は、かねてこういう意見の出ることを予期していたらしく、抑えつけるように選挙制の意見は押しつぶしてしまった。誰もこの意見にこそ異を唱えるものはなかった。

舞踊家という言葉にも二通りの意味があった。弟子を殖やして温習会を頻繁に催し、金をとることに夢中になっている町師匠と、自分の芸の研鑽《けんさん》と社会的名声を得ることに賭《か》けて自分の作品発表と自分の舞台に総てを投入している者と。選挙制になれば、寿太郎の言う通り前者に票が集まってしまう。早い話が大阪の紋之助だ。関西以西の花柳界に隠然たる勢力のある彼は、名取りが一票ずつ持って選挙に入るとなれば、十に七つの見通しで家元になる可能性を持っていた。江戸に生れ東京で育ち繁った梶川流を、大阪にとられてなるものかという考えは、寿太郎ばかりでなく殆ど総ての門弟たちが堅持している。紋之助は、はからずも自分に最も有利な意見を出して、いきなりぴしゃりとやりこめられた形だった。しかし、大阪の人間のしぶとさだろうか、彼は顔色も変える様子はなかった。

「協議制ということには僕は反対です」

歯切れのいい口調で意見を出し始めたのは、千春の夫の崎山勤であった。秋子も驚いたが、門弟たちはもっと仰天した。扇子も持ったことのない門外漢が、こんなところで口を出すとは考えられなかったからだ。

崎山は逸早くその雰囲気を察して、自分の立場をすぐに弁明した。

「僕は局外者で、この場合、発言権はないと思われる方もあるでしょう。しかし、第三者の方が客観的なものの見方ができて、家元の急死という非常事態で、いささか動転している門下の方々よりは冷静な判断が下せると思うのです。ですから、あくまで参考意見として聞いてみて下さい」

寿太郎が、眉間《みけん》に皺を寄せて訊いた。

「誰を家元にしようってんですか、君は」

「いや、僕にはそういう具体的な発言権はないといっていますよ。しかし、スターリンの死後、マレンコフ政権が失敗したように、協議制というのは決して長続きのするものではないのです。協議するために選ばれた人間たちの間で、必ず勢力争いが起ることにきまっているのですからね」

「踊りの世界は共産党とは違いまっせ」

紋之助がやり返したが、誰も笑うものはなかった。女たちの殆どは自分の意見というものを持っていなかったので、ただもうどうなることかと手に汗を握りながら、誰の意見もみんな、それぞれ聞けば尤もなことに思いながら全身を耳にしているのが精一杯だったのである。

「権力闘争は、共産党でなくても何の世界でも同じことですよ。殊に日本の舞踊界のように消費経済を基盤としている世界では、なおのことです。八代目があれだけ自由に自分の才能をフルに回転することができたのは、ワンマンだったからじゃないですか。社会がそれを受入れたのは、彼にスター的な素質があったからじゃないですか。僕はこの見地から、協議制よりは一人のスターを選ぶべきだと思いますね」

スターというのは、梶川千春を指していることは秋子でなくても誰でも分っていた。

が、これは却って逆効果を招いていた。崎山の論旨はこの上なく明快であったが、それが自分でもいう通りの局外者の意見であり、しかもその上に千春の夫の意見であったために、理屈が通れば通るほど、ひとびとはそれに対して反感をつのらせたのである。だから、崎山の意見に同調して、千春を推そうとするものは一人もなく、彼が口を噤んだあとには空気が白けきっていた。

「私はガクってものがないから、難かしい理屈は分りませんけれどもねえ、家元というのはしち面倒なことはぬきにして、血筋が世襲っていうんですか、それで継ぐのが一番無難なことじゃないのかしらん。亡くなられた家元は七代目の胤《たね》だったんですからねえ」

花柳界では押しのきく老妓が口を出した。猿寿郎より遥かに年上の梶川喜舟という古い名取りであった。私心のある発言ではなかった。

待っていたように、肯いた寿太郎が、

「それもご尤もな御意見です。奥さまの前では、私としてはまことに言い出し難かったのですが、そういう御意見が出ました上では、家元の御血筋をそれぞれご披露いただくしかないでしょうな。いかがですか、奥さま」

と、慇懃とも脅迫ともとれる目つきで、秋子を見据えた。

「家元の家内として、私も梶川月として、次の家元をきめるためには、あらゆる御意見を承るべきだと存じております。どうぞ」

秋子の冷静で落着き払った返事と態度は、崎山勤の発言とはまるで違う印象を人々に与えたようであった。同時に、寿太郎にうながされて口を開こうとした美津子を、はっと取乱させる刺戟《しげき》ともなっていた。

「私、お家元から、ずっと前からのお約束を頂いてました。お前に妻の座は与えられないが、子供は必ず後継ぎにするからと……」

声が最初からうわずり、ふるえ、態度にも落着きを欠いていたが、この発言は門弟たちを驚かせ、

「え？」

「まあ」

「本当かしら」

「しいッ」

「聞き始めだわ」

という囁《ささや》きが、あちこちに小波《さざなみ》のように生れ、それが大きく波立ち始めたとき、

「とんでもないことを言うじゃないか。証拠があるのかい、証拠が」

渋紙を荒々しく裂くように叫び声をあげたのは寿々であった。

「ありますッ」

美津子が叫び返し、そして同時に、彼女は闘志によって自分の姿勢を建て直していた。

「どんな証拠ですよ。そこに持ちあわせがあったら見せてごらんな」

「お見せします」

美津子は落着きはらって、まだ眉を吊り上げている寿々を見返すと、寿太郎の方に意味ありげな視線を送り直し、膝の上にしていた藤色《ふじいろ》の風呂敷《ふろしき》包みを取上げた。満座の者たちが息を呑んで見詰めている中で、美津子の指先は悠々と包みをとき、筒状の容器を取出し、蓋《ふた》をとると馴れた手つきで中から一枚の紙をひき出してから、顔をあげ、口をひらいた。

「お亡くなりになる七日前に頂いたものでございます。三重子は、お家元の御本名から一字頂いてお家元自ら名付けて下さった名前でしたけれども、この名取免状も、寿太郎お師匠さんのお取立てにもかかわらず、お家元から直々に頂いた形になっております。それは、寿太郎お師匠さんもお承知の上でのことでございました」

「それでは私が読み上げましょう。いや、名取免状は梶川流は全部同じ書式ですが、月日と、名前に御注意下さい。市田三重子に、梶川花の名を許すものなり。昭和四十年三月二十一日梶川流八世家元　梶川猿寿郎、印」

歌舞伎劇の中で、上使《じょうし》が読み上げた書式を、ぱっと表に返して示すように、寿太郎もまた踊り馴れた手つきで、その名取免状を誰の眼にも見えるように高々と掲げてみせた。

「まあ」

重苦しい吐息が、誰の口からも洩れて、家の中に充満した。事の成行きに、誰も彼もが衝撃を受け、思いが言葉になるには時間がかかると思われた。

梶川花。

それは、梶川流でどれほど大事な名跡であるか、名取りたちは知りすぎるほど知っていた。梶川月が家元の妻の名ならば、梶川花は家元の娘一人に限って与えられるべきもので、しかしずっと長い間、この名は止め名とされてあった。猿寿郎という家元がある限り、花の必要はなかったし、あれば混乱の種になるという配慮からであったろう。

寿々も千春も顔色を変えてしまっていた。先代の血より、今は亡き家元の血筋が重んじられて語られているのであり、しかも、亡き猿寿郎は、千春の名とは及びもつかない格の高い名前を美津子の娘に与えていたのだ。

「秋子」

「お姉ちゃん」

寿々と千春が絶望的な声をかけたが、秋子も血の気を失っていた。生前ずっと裏切り続けてきた夫が、死んで七日を経ても、なお、妻を裏切ってみせたのだ。秋子は、自分の躰を股から引裂きたいほどの怒りに、言葉も呼吸も失っていた。寿太郎が、この家元の家に滅多に出入りしていなかったのは、猿寿郎がこの年嵩《としかさ》の古い弟子を煙たがっていたからとばかり思っていたのに、それは、夫が妻への秘密を預けていたからだったとは……。

「それで分りましたよ、お家元も罪な方ですねえ」

茫然としている人々の中で、最初に口を切って感想を述べたのは、米小村だった。彼女の名取名は米舟という。

「うちの梅弥には、男を産め、きっと男の子を産めよって、くどいほど仰言ってたんですよ、ええ。亡くなる日の朝も、そう言っておいでになってたんだそうですよ」

今度は美津子の顔色が変った。すがりつくような眼をして、彼女は寿太郎を仰ぎ見たが、意外にも寿太郎は米小村に対して好意のある表情で肯いてみせながら、

「私もそれは家元からきいていました。若い頃と違って、本当に後継ぎがほしくなった、と洩らしておられましたからな。梅弥さんに男の子が生れたら、これは文句なしに奥さまにも話され、認知して引取られたろうと思います」

「寿太郎お師匠さん！」

美津子は金切り声をあげた。

「それじゃ、うちの三重子はどうなるんですか！」

「弁護士に相談してみましたが、誕生前に認知の手続きをとっていない限り、法的にお家元との血縁ということは認められないのですよ」

それまで、キリキリとひきしぼっていた矢を放つように千春が叫んだ。

「それなら、美津子さんの子だって同じことでしょ！」

「法的には、ですな」

じろりと見返して、寿太郎は言いつないだ。

「しかし、梶川流の止め名は許されているんですぞ、こちらは」

「それじゃ、梅弥はどうなるっていうんですよ、お師匠さん」

今度は米小村がうろたえ始めた。

「あんな奇跡的な助かり方をしたのは、生きていられる筈のない交通事故で、梅弥だけ助かったのは、お家元が梅弥の腹の中の子を助けたさの一念からだったんじゃないかと私は思うんですよ。事故の現場を見た人は、助手台に坐った梅弥が助かったのは信じられないって言いましたよ。ええ、みんなそう言いました。私だって、どうして梅弥が助かったんだかって、不思議に思ったくらいなんです。しかも、あなた、身重の躰で、普通なら生命が助かっても流産してたところですよ。これは家元が、御自分の命と引きかえに子供を助けたとしか思えないじゃありませんか」

かき口説く言葉に熱気がこもりこもったが、米小村の望むような反応はなかった。

法的にまったく認められることのない浮気の対象で、十九という小娘の、しかもまだ体内で、毛をむしられた雛《ひな》ほどにも形のでき上っていない胎児を、人々はどう処置する気にもなれないのだった。米小村が懸命になればなるほど、人々の関心は殺《そ》がれて行き、葬儀の日に示した梅弥の狂態も、ぶざまで梶川流の面目を潰したものとして非難がましく思い出されるばかりであった。

「梅弥さんのことは、私もお噂で聞かんことはおまへなんだが、お気の毒やったとより他に、申す言葉もおまへんなあ」

紋之助が、キリをつけた。大阪弁の持つ押しつけがましさが、この場合、人情の上では割切れない人々の気持を、一応納得させてしまったのである。

「男のお子を、ということであれば、お家元に男のお子がなかったわけやないんですさかい、それが皆さんの御意向であれば、小紋さん、あんたも、迷うことはありませんやろ。なあ、こちらでお揃いの方々も、お聞き及びのことや思いますさかい、今更らしゅう申上げずとも思いますが、お家元にはれっきとして、顔立ちから芸筋から瓜二《うりふた》つのお子がいてはります。今年九つになって、学校の成績もよう出来てはりまっせ」

小紋というのは、紋之助の取立て弟子だが、大阪は宗《そう》右衛《え》門町《もんちょう》の花街の者であった。であった、というのは、もう数年前に落籍されて、今では旅館を経営しているからである。色白で、秋子とそう齢は違わないのだったが、一《ひと》重瞼《えまぶた》と、ふくよかな頬の形が、いかにも初々しく見え、男の心を惹《ひ》きつけて放さないような、痛々しげな魅力を備えていた。女には手当り次第という行状の猿寿郎が、本気で惚《ほ》れて惚れ続けたのは、この女だけだったという噂は、もうずっと前から秋子の耳にも入っていた。顔を見たのはこれが初めてではなく、舞台姿も、楽屋見舞にきた折りにも、秋子はよく見て知っていたが、こうして愁《うれ》いにみちた小紋を、こういう異常な環境の中で見ると、一層その美貌《びぼう》は冴《さ》えわたったものとなって、思わず秋子でさえ見惚《みと》れるほどであった。

「御冗談を、こんなところで仰言るものじゃありませんよ、紋之助お師匠さん」

米小村が、いかにも莫迦莫迦しいと言わんばかりに異を唱えた。こういうときには、江戸の芸者の啖呵《たんか》は見事に切れる。

「小紋さんは二十年前から旦那持ちじゃありませんか。お家元が浮気をしたって、芸者なら咎《とが》める筋もないようだけれど、旦那の子とお家元の子を、どうやって器用に産み分けたっていうんですよ」

小紋は、怨嗟《えんさ》のまなざしで一瞬米小村を射すくめようとしたが、すぐ目を伏せた。紋之助が代って答えた。

「疑わしいなら、一目見ておみ、あんさんも間違いないと言わはりますやろ。面ざしといい、姿から、ひょいと動いたときの癖まで、何から何までお家元そっくりですのや」

「他人の空似《そらに》というものがありますよ。テレビにそんな番組があるじゃありませんか。流行歌の歌い手に何から何まで似たからって、胤が同じだったというのは聞いたことがありませんよ。あれは声から節まわしまで似てなきゃいけないんでしょ。似ているだけで家元の血筋だなんて！」

米小村は得意になって捲き返した。

「そこへいくと、うちの梅弥は、まだ水揚げ前の妓だったんですからね。お家元が愛《いと》しがったのも無理はありませんよ。ねえ、寿太郎お師匠さん、なんとか言って下さいよ。悪いようにはしないと仰言ってたじゃありませんか。梶川花だなんて、あたしゃ、たった今が聞き初めで、たまげちまった。ずっと黙っていたなんて、水臭いじゃありませんか」

米小村の攻撃や楽屋をさらけ出す言葉に寿太郎は慌てぎみで、大きな掌をあげて押しずめるように、米小村の口を封じた。

「いや、ここは公開の席で、皆さんのお考えをうかがうところで、私の意見や考えも、後の御参考に出すだけのことですよ。お家元と梅弥さんとの経緯《いきさつ》は私もよく存じていることですから、同情は禁じ得ませんが、それはそれ、ここはまず皆さんの御意見を出すだけ出して頂いた上で、妥当なところを検討しようというところでして」

「わたい……」

思いきったように、小紋が顔をあげて口を切った。旦那が長く続いただけあって、美しいばかりでなく、かなり芯《しん》の通った賢さのある口調であった。

「わたいは何もわたいの子を家元になどという野心は持ってェしませんのです。紋之助お師匠さんのおすすめもあって、それにわたいもお家元にお別れ言いとうて矢も楯《たて》もたまらず上京しただけのことですさかい、誤解せんといておくれやす。お家元からも、流派の乱れにもなることはせなと言われてましたし、私も芸者の分は守りぬいてきました。わたいから何一つ求めたこともなし、今はわたいの手一つで子供を育てていることやし、旦那はんは勤め上げて、今は誰にも後ろ指さされることはおへん。そやけども、これだけは言わして頂きますわ。紋之助お師匠はんの言わはった通り、正《ただし》はお家元のお子に間違いおません。けど、私は決して、そやからというて家元にしようとは思うてません。これだけは、はっきりさせといて頂きまっさ」

これが玄人《くろうと》の倫理というものであろうかと、秋子は今更ながら舞踊界の半分を支えている花柳界の不可思議な道徳に驚いていた。それにしても、芸者の分をわきまえるということは、どれほどの忍耐を必要とするものだろうか。あるいは、それを耐えがたく思うことのない生活に馴れていればこその割切り方なのだろうか。だが秋子はそれよりも、死んでまで女には分を守らせた猿寿郎という男の身勝手に憎しみが新しくなるのを抑えることができなかった。この会議というのは要するに猿寿郎の醜聞の収拾策と、醜行の中から何かを拾いあげようという操作ではないのか。なんという滑稽な……。

「梶川花ってひと、ここにいるんですか」

千春が訊いた。

「いや、まだ年若なことですし、名披露目《なひろめ》の舞台前ですから、遠慮させてあります」

「そう。私は見たことも聞いたこともなかったんだけど、踊りは上手なひとですか。振付けの才能もあるひとなんですか。名前だけで家元になれるってものとは思わないから、うかがうんですけどね」

千春の言葉には針もあったし憎しみもあったが、それよりも踊って自分にかなうものかという満々たる自信を湛《たた》えていた。それが人々の心を離れさせることには思いが至らないのも、一途に家元の座に執心しているからだろう。

「六つのときから、寿太郎お師匠さんにお預けして、私も滅多に顔を見ないほど厳しく仕込んで頂きました。それもお家元の御指示です」

美津子は昂然として答えたが、

「お黙り」

寿々が叩き伏せた。

「どう仕込んだって、下手が上手になることはないし、血筋といっても、同じ樹でも枝ぶりは一本一本違うように、才が伝わるわけでもない。まず一度、千春と踊り較べてみて、そのときは評論家も芸術院の先生方もみんないらして頂いて、それで、どちらがうまいか、どちらが家元にふさわしいか、きめることにしたらいいよ。ねえ、寿々糸、寿々緒、寿々代さん。あんたたちは、どう思いだい？」

輿論を喚起する気でか、寿々は自分の取立てた名取りたちを呼びあげて、同意を求めた。呼応するように、糸代が言った。

「それはもう、大きいお師匠さんの仰言る通りでございますとも。私は、大讃成です」

しかし、糸代と口を揃える者は誰もなかった。糸代が寿々の腹心であり、いわば秋子、千春も含めた一家のものだということは、誰でも知っていたからである。寿々と千春の親子に対する反感は、家元の死から以後、高まることはあっても消えてゆく気配はまるでなかったといっていい。

「三重子さんが梶川花という名にふさわしいかどうか、我々が口を出すのは僭越《せんえつ》というものでありまして」

寿太郎が、重々しく語り出した。

「お家元が、それと認めればこそ、長く名取りになさらなかったものを、亡くなる七日前にお許しになったのですから、これはあるいは虫の知らせがあってのことだったかと思われます。なんと致しても、当面我々が考えなければならないのは、他流に恥ずかしくないように、亡き家元の意を体し、一門が一致協力して、いよいよ梶川流を栄えさせることにあるのですから、内輪揉めや、家元争いの醜態を世に示してはならん、ということです。いわば素人の評論家や諸先生方を集めて踊り較べるなどということは、週刊誌は喜んで書きたてましょうが、梶川流としては不面目な話じゃないですか」

義太夫《ぎだゆう》の節まわしのように、寿太郎の渋い声の抑揚には、説得力というものがあった。彼自身そのことに気がついていたし、静かに肯いている門弟たちの反応には満足していた。

「そこで、もう一つ御披露したいことがありますので、恐縮ながら、いましばらく御時間を頂きたい。これも御家元の御遺志なのですが、御家元を産んだお方が、ここにおられる寿也さんなのです。これは先代家元と先代夫人の厳命によって、全くの他人としてなれば流派には止めるというお扱いを受けていましたので、亡くなられた家元も遂に他言せぬままあの世に行かれたのですが、御生前、私には、万一僕が先に死ぬことがあったら、母親として扱ってほしい、寿也が先に死ねば、僕は喪主になって葬うつもりだと洩らされていましたので、私一存にてこの折にお知らせする次第です。私の門弟として今日までお預かり致しておりましたが、今日からは亡き家元のお心を体して、皆さん、そのおつもりで」

寿々が喉《のど》にひっかかるものを必死で押えて叫び声をあげた。

「と、とんだ天一坊が、次から次へ出るじゃないか。何を証拠にそんなことが言えるんだよ」

「証拠なら、先代家元のお手紙と、亡くなられた家元のお手紙が全部揃えてあります。御疑念ある方には、いつでもお見せします。私が拝見しているだけでも、十五通はあるんです。寿也さんが金沢で一年ひきこもって出産した頃の話なら、何人でも生き証人を呼ぶことができます」

寿太郎は、最後の切札を出し、その効果を見極めて、自信を確立していた。家元の娘と家元の生母を擁して、彼は事実上の家元の実権をほしいままにすることができると確信していた。しかも、自分は決して表立たず、あくまで黒幕として人心を摑もうという練りあげた世智によって、彼は隙もなく鎧《よろお》っていることを知っていた。

「他に御意見はございませんか」

皆は一斉に紋之助と千春を見較べた。紋之助の表情には、何一つ変化は見られなかったが、千春は相好が変ってしまっていた。丸顔の千春と、江戸前の面長な寿々とは、それこそ親娘でも顔に似たところはなかったのに、妙なところで血は争えず、千春がこのときほど寿々に似て見えたことはなかった。

「それでは今日の結果を江戸先生まで御報告して、いずれ近いうちに故家元を後援して下さっていた方々にお集まり頂き、その席で新家元をきめて頂き、世間にも発表するという手順をとりたいと思いますが、御異議はございませんかな」

寿太郎はもう、これによって会議は閉じるつもりであった。が、しかし、どたん場で、幕は秋子の手に握りしめられた。

「待って下さい。いいえ、待って頂きます」

ずっと黙りこくって事の成行きを見ていた秋子の存在を、人々はあやうく忘れてしまうところだった。

しかし、秋子の白い顔の中で、瞳は黒々と妖《あや》しいほど強い意志を示していた。言葉にも、淀《よど》みがなかった。

「私は家元の家内ですが、家元の亡きあとは、梶川月として申すことがございます。梶川花という名跡は、確かに梶川流では大事な名前ですし、家元が許した以上、私もそれを認めましょう。それは当然です。御存知の通り、月、雪、花は梶川流では猿の字に次ぐもので、花は月の娘分です。寿也さんが産みの親なら、私は流儀の上での母親です。どなたさまも、御異議はございますまい」

まったく、その通りであった。

寿太郎は、秋子の意図が分らずに、しかも、ぐうの音も出ない始末であった。

「そこで中上げますが、梶川花を家元にすることには、今は私が差止めます。家元の名跡は、しばらく私がお預かりします」

「それで、どうしようって言うんです、奥さん。あなたは思いがけない話の連続で気が転倒して……」

「そうかもしれませんね。でも、突然のことですから、寿太郎さん、あなたも多少は動転しておいでなのかもしれませんよ。梶川流はしばらく、今までの通りに続けていて下さい。何も変えてはいけません。しばらく、ほんの、半年の間です」

「半年？」

「梅弥さんは、この家に預かります。男の子が生れたら、私の方へ入籍させて将来の家元としてふさわしく育てましょう」

「女だったら、どうするんです」

「本人の技倆次第で、将来おすすめがあれば雪の名を許してもよろしいかと存じます」

長い間、忍苦の月日を過した秋子にとって、築き上げた家元夫人の貫禄は、このとき、ようやく物言う機会を得たのであった。


寿々はこれまで心のほどをはかりかねていた娘の裁量に、もう有頂天になってしまっていた。あの捻《ね》じり足をもった才能のない秋子の、どこに今日の貫禄があったかと疑うことも知らずに、寿々は許されれば日ノ丸のついた扇でも持って、あっぱれ、あっぱれ、と褒めあげてしまいたいほど、秋子の裁きを上首尾と思っていた。

「立派なものだよ、本当に。母さんは久々で溜飲《りゅういん》が下ったよ。寿太郎の奴の酢を呑んだような顔を見たときは、ああ、こっちの胸がすっとしたね。呼吸がなんともよかったね。言うだけのことを言わせてさ、締めくくりでさらってしまった。正直言って私はね、秋子がこれほどの役者とは思わなかったよ。頭のいい子は産んでおくもんだと思ったね。千春も幸せですよ、いい姉さんを持ってさ。大事に思わなくっちゃ罰が当る」

手放しで喜んでいる横で、秋子はしかし微笑を浮べる余裕もなく沈んでいた。日が経つにつれて、あの日の出来事が古池の水面に泡が立つように一つ一つ深い意味を持って思い出されてくる。亡き夫がまるで古池のような執念めいたものを残していたのは、まったく意外と言うより他になかった。あの、多忙で席の温まる暇もないような明け暮れの中では、仕事のために必要な最少限の執念でさえ両手で掻き集めなければ足りないほど、発散するものの方が溜《た》まり積るものより多いと思われたのに、こうして急死した後で一門の者が集まってみると、あちらからも、こちらからも、ぶすぶすと、猿寿郎が始末もきりもつけ終らずに、しかしなんらかの形を残したものが、ぶすぶすと、不気味な臭気をもって浮かび上って来たのだった。性格はどちらかといえば淡泊な方で、仕事に次から次へ追い立てられる落着きのなさも、そんな猿寿郎だったから平気だったし、そういう生活環境も自分から作り出そうとしているところもあり、充分に楽しんでいて、考えてみれば、突然の死も彼には決して相応しくないとはいえなかったのだが、この残されたものの重苦しさとやりきれなさは、どうしたものだろう。妻としては夫の軽薄な一面をいやというほど見せつけられていて、却って別の半面には迂闊《うかつ》でいたからであろうか。

梶川花の存在は、秋子には全く予期しない出来事であっただけではない。そんなことを言えば梅弥が妊娠していたことも、小紋が何者かということも、つまり猿寿郎の死後に出現した人々はすべて秋子の予期したことではなかった。だが中で、わけても梶川花という女の出現は、秋子の心を最も動転させた。

美津子——あの、秋子の母親である寿々の門弟であり、先代家元の子である千春の付き人として、この練塀町の家元の邸へ出入りしていた頃から今日まで、二十余年の歳月を、遂に妻の座は許されぬまま、寿々親娘の前から姿を消していた美津子が猿寿郎の子供を産んだということまでは知っていたが、もうそれはずっと昔のことで、猿寿郎は次々と若い娘との色事に追われていて、忘れ去っていたものと思っていたのに、猿寿郎の死後俄かに浮かび上って来たのだ。梶川花の母親というゆるぎない地位をもって——。

秋子は猿寿郎の妻の座に迎え入れられる前後は、自分の心も何も失っていたから、美津子の存在もそれほど気にならなかったし、猿寿郎の女出入りにも、狂うほどの嫉妬は外に見せずじまいであった。しかし、妻であれば夫の心に何が棲んでいるかということは、かなり的確に見透せるものである。美津子に子供を産ませたことを、猿寿郎自身は生命を冒瀆《ぼうとく》するような不謹慎な言葉で後悔していたこともあったし、だから秋子はむしろそうした不徳の夫を責めたいほどに思っていた。そんな猿寿郎が、秘《ひそ》かに娘を寿太郎に弟子入りさせ、亡くなる数日前に虫が知らせたように梶川流では重要な名跡を自筆で記して許し書きを与えているのだ。

秋子に何一つ告げずに、こうしたことをしていた猿寿郎を、秋子はしかし夫の裏切りという具合に考えることはできなかった。秘かに行わねばならないほど、猿寿郎は妻の気を兼ねるような男ではなかったからである。しかも、内密にこうしたことが行われていたのは何故だろう。

梶川花も、大阪の小紋の息子も、秋子は顔を見たことがない。だから、こうして由々しい名跡を持った存在が突如現われても、秋子には実感が持てずに衝撃を受けて、ただ落着かなかった。その衝撃が、秋子の心のどこの部分に当っているのか、それが分らないのであった。

寿々はまるで秋子が大岡裁きでもしたように拍手大喝采《だいかっさい》をしてくれたが、秋子があのとき咄嗟に思い浮かんだのは、ともかく私は落着かなければいけないということであった。それには、何よりも時間がいる。時間をかけて、何が起っているのか、自分の周辺をゆっくり見廻《みまわ》したいということだけであった。そしてあの場合、多少芝居がかっていても、秋子の智恵では宣言はあの形でしか行いようがないと思われた。時間がほしいのは、秋子だけではなかっただろう。寿太郎を除けば、殆ど総ての人々が時間を必要としていたのだ。次々と展開する場面と殖えていく登場人物に、梶川流の門弟たちはただ息を呑むばかりだったからである。

梅弥の子供が生れるまでと一応の区切りをつけて「時間」を獲得したことを、秋子は今でもあのときの最も賢明な処置だったとは思っている。しかし、「時間」は考える間を人々には与えないほど目まぐるしく動き始めていた。それはまるで選挙戦の火蓋が切って落されたような具合だったのである。

「義姉さん」

崎山勤が一番先に秋子の部屋を訪れた。故意にであろうか、千春は伴れてなく、彼は一人であった。千春は千春で自分の弟子たちの動揺を防ぐために外を走りまわっているのかもしれない。

「寿太郎さんの見せた梶川花の許し状は、鑑定する必要がありますね」

「そうかしら、家元の手跡と印鑑は同じだと思ったけど」

「義兄さんのような癖の強い字なら、誰でも簡単に真似《まね》ができますよ。印鑑だって偽造するのは難かしいことじゃないでしょう」

「でも、まさか」

「そんなに甘い考えでいたら、いや失礼、そんなに敵を見くびっていたら、簡単に向うの思う壺にはまってしまいますよ」

「…………」

「サインや判が偽物であっても、踊りの免許状などは公正証書とは違うのだから大した犯罪にはならないでしょうからね、やる気になれば誰でも思いつくことじゃないですか」

「でも、どうやって寿太郎お師匠さんからあの免状を借りてくるんですか」

「はっきり疑わしいから鑑定すると言えばいいでしょう」

「それで本物だったら、大変なことになりますよ。却ってこちらが醜態になってしまう」

「そんなことはないでしょう。疑いが晴れれば向うは喜ぶだけのことですよ。しかし、僕は九〇パーセントの確率で、あれは偽物だと思いますね」

「どうしてですの」

「千春も言ってましたが、義兄さんは自分の身内には素気ないひとで、あんな芝居がかったことをする人だったとは思えないのですよ。全部あの古狸の書いた筋書きじゃないんですか。どうも僕はウサン臭いと思うなあ」

秋子は、久しぶりで自分の眼の前に一人で坐っている義弟を、まるで珍獣でも見るようにまじまじと見詰めていた。ざっくりと織った白っぽいツィードの上着を着、絹の縦縞のネクタイをしている。若い頃は痩身で小柄な青年だったのが四十を一つ二つ越した今は別人のように肉がついて、崎山の恰幅はよく堂々としていた。しかし、新型の眼鏡のふちがいかにも伊達《だて》で、中央に入った金が派手に光っているのを見ていると、何年かアメリカで学生生活を送り、今も貿易商社でアメリカ相手の取引きをしているというバタ臭い生活が匂うようで、家元問題に口を出しているのは、いかにも不似合いに思われた。

「ねえ、そうでしょう、義姉さん」

崎山は、秋子の沈黙を誤解していたらしい。フィルターつきの煙草を一本吸い終ると、悠然として同意を求めてきた。

「あなたと、こういうことを話しあっているって、なんだか奇妙ですわね」

崎山は、眼鏡の奥で、小さな眼を忙しく瞬いて、

「はぐらかしちゃいけませんよ、義姉さん、僕だけは警戒しないでほしいな。僕は純粋に千春と義姉さんの味方ですよ」

「千春とは夫婦なのだから、そうでしょうけど、私のことまでは、どうかしらね」

「疑うんですか。千春も言ってましたが、そう言えば、ちょっと秋子さんは昔から疑い深いところはあったな」

「昔って、いつのことですの」

「ずっと昔の頃ですよ」

「私が家元と結婚する前？」

「そうですよ」

秋子の視線を、崎山はもうふてぶてしく受止めて、微笑している。

「とんでもないことですわ、崎山さん。私はあの頃に、少しひとを疑った方がいいと気がついたのでしたわ。今では仰言る通り、大変疑り深くなっていますけれど、それはあのときからのことですのよ」

「そうですかね」

何をとぼけているのかと、秋子は唇を嚙みたかったが、二人が童貞処女のころの幽かな魂のふれあいなど、今ここで話しあったところで何の役に立つとも思えなかったし、むしろ何のこだわりもなく忘れてしまうのが得策だと気付いた。今は、この人は、千春の夫であるというただそれだけの男なのだ。

「崎山さんは、千春を家元にすることに馬鹿に御熱心だけど、どうしてなの？」

「千春がそれを望んでるからですよ。義母さんもそれが一番いいと考えている。当然、僕も二人のためにない智恵をしぼるわけですな。門外漢でもね」

ふと秋子は千春の先夫であったロバート飯田を思い出していた。ロバートが千春に夢中になっていた頃は、崎山勤と並べて較べることなど思いも及ばなかったし、二世のアメリカ兵と日本の貧しいアルバイト学生の間に共通するものなど何もなかったのに、今、目の前で煙草をくゆらせている崎山を眺めてロバートを彷彿するのは何故だろう。記憶の中でも遠いものになったロバートは、あの若い頃に皮膚がはち切れそうなほど肥満していて、中年肥りの崎山と躰つきは似ていたように思う。それと、いつもの崎山らしくない単純な理論の運び方も、舌足らずの日本語を操って議論していたロバートとよく似ている。

「梶川花の免状が偽物だったとしても、だから千春が家元になれるということにはなりませんよ、崎山さん」

「そんなことはないでしょう。義兄さんは誰も正式に認知してないのだから、梶川花が消えてなくなれば、千春だけが有力な家元候補として残るじゃないですか」

「千春だって先代は認知してないのよ」

「しかし千春という名前は先代家元がつけたのだし、誰でもが千春は梶川の娘だと信じてます」

「梶川花だって本名の三重子というのは、主人がつけたっていうじゃありませんか。それでなくても主人の娘だということは、誰だって知っていたわ。同じことよ」

「秋子さん」

義姉の頑《かたく》なな心に呆れたように崎山は溜息《ためいき》をついた。

「千春の言ってた意味がちょっと分ってきたなあ」

「なんですの」

「姉さんは、とんでもないときに、平手打ちを飛ばす人だから怖いって、ね」

「まあ」

「千春は張り飛ばされたことがあるらしいですね」

煙草をくわえて、ふ、ふ、と崎山が笑っているのは、単純な姉妹喧嘩《げんか》だと思っているからであろうが、秋子はそう言われて過去が一瞬に逆流してくるような気がしていた。

千春の頰を打ったのは、もう十五年以上も昔のことだ。あれは確か、千春がロバート飯田と共にアメリカへ向けて発《た》つ前日のことであった。結婚に反対している寿々が監禁していた蔵の中から、そっと千春を出してやって、別れるとき、秋子も意識しないうちに体中の力が右腕に集まって、音たてて千春の頰を打ったときのことを、誰がどうやって、他人に説明することができるだろう。長い間、千春が生れてからずっと抑制の中で生きてきた秋子の、あれは精一杯の訣別《けつべつ》と愛の行為だったのだが、今日まで秋子は千春がどう考えて受止めていたのか考えてみたこともなかった。

そうだったのか、とんでもないときの平手打ち――その程度にしか千春は理解できていなかったのかと、秋子は情けなかった。

姉妹と言っても、意志を通じさせるのは本当に難かしいのだ。げんに、猿寿郎の急逝の後も、千春は秋子に対して不満は示しても、姉妹らしい情を寄せて未亡人になった秋子をいたわることなど思いもよらないらしい。ずっと昔、猿寿郎の思いつきで、秋子が舞台で裸身をさらしたとき、楽屋に戻った姉の背後に黙って坐っていたときのような優しい千春はもういないのだった。家元になりたいという一念は、もともと味の薄い姉と妹の間柄など忘れ去ってしまうのだろうか。

「崎山さん、私には不思議なんだけど、千春はどうして家元になりたいのかしらん。あなたには分っているんですか」

「僕にも不思議ですよ。家元制度というものは、僕には今以てよく判《わか》っていないのですからねえ。ただし、義母さんも千春もこう打込んでいるところを見ると、家元というのは絶大な魅力があるものらしい」

「私には、正直言ってよく分らないの、崎山さん。千春は梶川流きっての踊り手だということは、流派の内でも外でも皆が認めていることでしょう? 母さんの弟子だって、家元が亡くなったからって、すぐに減るものでもなんでもないのに、今のままだって決して困ることなんか起るわけでもないのに、どうして家元というものに執着するんだか」

「僕もその点では同感ですがね、しかし」

崎山は灰皿の中に吸殻を突き込んで火をもみ消すと、身をのり出して訊き返した。

「義姉さんはまた、どうしてそんなに淡々としているんですか」

「…………」

「義母さんと千春が朝から晩まで家元家元で明け暮れているものだから、却って僕には秋子さんの煮えきらないのが奇異に見えるのかもしれない」

「私が煮えきらないってことはないでしょう？　私は態度をきめてますもの」

「梅弥という女の子供を引取る一件ですか」

「ええ」

「あれは僕も千春も義母さんとは意見が違いますよ」

「…………」

「どんな子が生れるか分らないのに、養子にすると宣言したのは無茶だったんじゃないかなあ。手を打つための時間稼ぎという意味では成功だったと思うけど」

「…………」

「それに、性別も才能も分らないといえば、美津子さんのところも、小紋とかいうひとの子供も、同じ条件でしょう。梅弥に限って子供を引取るというのは筋が通りませんよ」

「これから生れてくる子供なら、まったくの白紙の状態ですもの。美津子さんでも小紋さんでも、ともかく今まで育てて来て、これから先もそれほど困るとは思えないし、そこへいくと梅弥は若すぎて気の毒だし、主人も心を残していたかもしれないし……」

「急に人がいいところを見せるんだなあ、秋子さん。梅弥は芸者ですよ。若ければ若いほど金に困らない条件が揃ってるようなものじゃないですか」

「それだったら、子供は全部引取りましょうか」

「え？」

「美津子さんのところのも、小紋さんの子供も引取って、三人とも私が育てることにするのよ」

「無茶ですよ、いよいよ。第一、寿太郎も紋之助も離しゃしないでしょう」

「だから、梅弥の子で丁度いいのよ」

「しかし、どんなのが生れるか分らないんですよ、義姉さん。それにあの米小村だって何を腹の中で企んでいるか分らない。用心した方がいいですよ」

秋子は返事をせずに、障子の外の気配に声をかけた。

「なあに？」

「あの、米小村さんが見えたんですけど」

「あら、話をすれば影とやらね。ここへ通ってもらって頂だい」

崎山は、むっとしたらしいが、しかし米小村が姿を見せる前に、これだけは訊いておかなければならないという緊張からか、せきこんで最後の最も重要な質問をした。

「要するに義姉さんには、千春を家元にする気は全然ないというわけなんですか。姉として、妹が望んでることに力を貸す気はないというわけですか」

秋子は、しばらく口を噤んでいた。やがて廊下に米小村の足音が聞えると、崎山勤の顔は見ずに、しかしはっきりとした口調で答えた。

「千春が家元になるというのは、まったくの筋違いです。千春が私を姉だと思っていてくれるのなら、私を助けて、新しい家元が一人立ちするまでの補佐役を勤めてくれるのが本当だと私は思ってます。それは何も特別のことじゃないでしょう。主人がなくなるまで、千春も母さんもずっとそれをやっていたんだから、同じことを続けていればいいんですよ。一番大事なことは、梶川流がちりぢりばらばらにならないようにすることなんでしょうからね」

崎山も明らかに部屋の外に立ち聞く者の存在を意識していた。取りつく島もない秋子の宣告に一言もなかったのかどうか。黙りこくって坐っている。

部屋の内にも外にも奇妙な沈黙がしみ透り、やがて廊下の客が痺《しび》れを切らした。

「ご免下さいまし、米小村でございますが」

「はい、どうぞ」

「よろしゅうございますか、おや」

そろりと障子を開けかけて、崎山の姿を認めると大形《おおぎょう》に驚いてみせ、

「御来客でいらっしゃいましたか、それでは、あちらでお待ちしております」

と、立ち聞いた覚えはないように、そそくさと元の通り閉めようとする。

「いいのよ、はいって頂だい」

「お邪魔じゃございませんか」

「そんなことはないのよ。千春の主人なんだから、私の身内だわ。気楽にしていて頂だいよ、ねえ崎山さん」

この皮肉は充分に利いていたが、崎山勤は米小村と入れ代わりに出ていく様子はなかった。何をこの女が喋り出すかと、早くも警戒しているからであろう。

米小村の方も、秋子一人の方が都合がいいのだが、崎山が動かず、秋子も気楽にしろというのだから、仕方がなく、ゆっくりと畳に坐る間に思案をして、俄かに晴れやかな声を作った。

「まあ奥さま、この中《じゆう》はいろいろとありがとうございました。御心労の後でお疲れでいらっしゃいましょう。おうかがいまでに、ちょっと伺わして頂きました。お粗末なものですが、お食後にどうぞ」

千疋屋《せんびきや》の包装紙に包んだ大きな箱を、崎山に見せびらかすようにして差出す。

「いつも畏れ入ります。主人の方へ頂だいしますわ」

「いいえ、御霊前には別にお供えいたしましたから」

「主人と私と別々に食べなきゃいけないの」

「とんでもない、そんなわけじゃございませんのですよ。ただ、食欲がおありにならないとうかがったものですから、ゼリーならお口にあうかと思いまして」

「それは、お心尽しでありがとう。梅弥さんはどうです？」

「はい、ありがとうございます。これが、もう申上げるのもお恥ずかしいほど元気なんでございますよ」

「結構じゃないの」

「それがもう大変に、よく頂くんでございます。じめじめと雨続きで、誰でも食欲のないときでございますのにねえ、梅弥一人が申訳ない申訳ないと言いながら、そうですねえ、二人前はペロリですわ、毎度」

「それはよかった。せいぜい食べて丈夫な赤ちゃんを産んでもらわないと」

「はあ、私もそう思っております。本当に、奥さまのおかげで、あの子も命拾いを致しましたよ。一時は自殺でもするんじゃないかと思って、本当にハラハラさせられました。少しはお上りよ、おなかの子に必要だからといっても、泣くばかりで何も喉を通らなかったのがねえ、奥さまのお言葉で生返ったんでございましょう。そりゃそうですわねえ、生れてくる子が厄介物のように思われてたんじゃ、産む方も辛うござンしょうからねえ。おかげさまで、張り合いが出たんでございますよ。私もあの子ばかりは初めから自分の腹を痛めたように可愛いくて、ですから、私も奥さまには手を合わせているんでございますよ」

即死した猿寿郎の遺体を収容していた病院で、顔を合わせたときの米小村と、話の内容は違っても態度は少しも変らなかった。千変万化の外界にいつでも対応できるような身構えが、長い芸者生活の中で形づくられているからであろうか。梅弥が実の子のように可愛いいという点だけ強調しているのは、自分と梅弥、ひいては梅弥から生れ出る子と米小村との関係を、崎山にも秋子にも念押ししておこうという肚に違いなかった。

「今日は、何か？」

秋子の方から用向きを催促すると、米小村は崎山をチラリチラリと見ながら、

「いいえ、ほんの御挨拶のつもりで、それに奥さまもさぞやお気疲れのことと存じましたので、お見舞かたがた、ちょっと……」

と、口を濁した。

「ちょっと、なあに？」

「はあ、でも、壁に耳ありで、私も梅弥の養母としては滅多なことも申せません。まあ、何しろ世の中には怖ろしいお人が多うござンすからねえ」

と、歯に衣を着せているのは、明らかに崎山に座を立たせようという魂胆に違いなかったが、崎山勤は黙って、煙草をふかし続けていて、あからさまに出て行けといわれても出ていかないぞという構え方だ。

「なんなの？　崎山さんなら、さっきもいったように身内なのよ。少なくとも梅弥さんの敵ではないわ、ねえ勤さん」

「はあ、僕がですか？」

崎山勤は、わざと間を外して、とぼけた顔で訊き返した。

秋子は溜息をついて、

「崎山さん、あなたが千春にも流派をまとめる責任があることを説いてくれるのでなくては、先行で私と千春が決裂することになってしまいますよ。しっかりして欲しいわ」

と、怨《うら》み顔でいった。ここで、どうしても米小村と崎山を味方同士にしてしまわなければならないと思ったから、なまじな作りごとで物をつくろうより、本心をぶつけあって、話しあいでまとめていこうと思いきめたのである。

「しかし義姉さん、僕は門外漢ですからね。どうも舞踊界とか花柳界とか」

と、じろりと米小村を見て、

「そういう世界の倫理道徳は、僕なんかの常識の枠外にあるという感じでねえ」

といった。

米小村が、もっともらしい顔をして大きく肯いて応えた。

「そうですよねえ、素人衆にはとても手にはおえませんでしょうよ。崎山さんの仰言る通りでございますとも」

「分らないから引込んでいろと言うんですか」

崎山が気色ばんだが、米小村は軽くいなした。

「いいえ、とんでもない。御苦労をおかけして申訳ないと思ってるんでございますよ。本当にねえ」

いよいよ険悪になったところへ、

「あの、千春先生からお電話でございます」

内弟子が取次ぎに出た。

「僕かい？」

「いえ、奥さまにと仰言いました」

米小村と千春の夫を残して、秋子が電話室へ入ると、

「お姉ちゃん？　週刊新春を見た？」

と、千春の声がうわずっている。

「いいえ。どうかしたの？」

「どうしたもこうしたもないわよ、お姉ちゃん。大変よ、すぐ買って見てごらんなさいよ。今日発売の分よ」

「何がのっているのよ、千春ちゃん」

「梶川花よ。デカデカと出ているわ。次代の家元だって書いてるわ。私の稽古先じゃ、もう大騒ぎなのよ」

「寿太郎さんのやったことね。週刊誌がよく来るといっていたから」

「売込んだのよ、それに違いないわ。お姉ちゃんもボヤボヤしていられないわよ。だから私が言ったでしょう？　子供が生れるのを待つなんて、悠長なことはしていられないのよ、お姉ちゃん」

「ともかく、その週刊誌を見てみるわ」

「うん、そうして。崎山は、今日はお姉ちゃんとこへ行くといってたけど」

「見えてるわよ。代りましょうか」

「いいわ、それより週刊誌見せて、訴えることできないかって相談しといて。私は帰りに寄りますから」

内弟子を走らせて本屋から同じ号を二冊買わせた。話を聞いて待ちかまえていた崎山と米小村の前で、激しい音をたてて頁が繰られた。中ほどのカラーグラビアが開かれたとき、三人の中で誰かが唸り声をあげ、誰かが大きく溜息をつき、一人が息を呑んだ。

華麗な振袖《ふりそで》を着た娘が舞扇をかざして立ち、その背後には一人の老婆がつつましい後《こう》見姿《けんすがた》で坐っている。写真の上には大きく「匂う若家元」という見出しが、書き文字で鮮やかに謳うようだった。

急逝した梶川流家元の後継者が、近く世に出るという。先代の愛娘、梶川花さんその人である。まだ高校生の若さだが、扇持つ立姿、さす手ひく手の美しさには、若家元の貫禄充分！

祖母の厳しい薫陶《くんとう》に応え、亡き父の遺志を胸に、颯爽として舞踊界に登場する日も間近い。

写真は、寸暇をさいて、秋の発表会のための稽古に余念のない梶川花さん。右は、祖母、梶川寿也さん。

「やりやがった。寿太郎の寿の字も出してないところは曲者《くせもの》だな、まったく」

「こちらには一言の断わりもなく、ねえ」

「こんな勝手なことをされたのでは、しめしがつきませんね、奥さま。これは寿太郎お師匠さんに責任をとって頂かなけりゃ」

「そうだ、ルール違反だよ、こんなことをするのは」

「こっちはまだ生れていないんですからねえ」

「千春だって、やる気になればこんな写真を週刊誌にのせるくらいわけはないんだ。それを控えているのは、この前の申合わせを守っているからじゃないですか。義姉さん、どうするつもりですか」

「奥さま、これは放っておけません」

崎山と米小村がともかく一致して寿太郎を非難しているとき、秋子は一人でグラビアの写真に見入っていた。

梶川花は、まだほんの十四、五歳の筈であったが、かつらをつけ、本衣装をつけた舞姿にはあどけなさは微塵《みじん》も残っていなかった。大まかな顔だちは美津子にそっくりで、この写真を見る限りでは父親似の子ではなかったが、寿太郎がどれほど激しい稽古をつけたものか、踊りの筋が悪いようには見えなかった。

「秋の発表会と書いてあるわね」

秋子は、いきり立っている二人とは、別のことを口に出した。

「梶川流大会のことかしら」

米小村が、金切声をあげた。

「出さないで下さい、奥さま。梅弥の子は生れたばかりですよ、秋には」


一般読者は軽く読み過した週刊誌の頁でも、梶川流にとっては当然紛糾の種になった。寿太郎を糾明すべきだという声が方々から起り、目星い名取りたちが集まって諮問会をひらくことになった。関西からは紋之助まで上京してくるという騒ぎである。

「あないなことを、元締格の寿太郎お師匠はんがやんなさるんやったら、私らもおちおち大阪で踊ってられしませんがな。東京の皆さんも、よほど紐締め直してしっかりして頂きとおます」

　彼は、まるでそれが東京在住の名取りたちの責任ででもあるように一座を睨《ね》めまわした。羽二重《はぶたえ》の黒紋付に袴《はかま》をつけた正装である。ほんのちょっとした外出着で集まっていた面々は、彼の意外なほど堂々たる態度に打たれて顔を伏せたほどであった。

　当の寿太郎は、一番遅れて、然しひどく慌しく部屋に入ってきた。これは白っぽい背広の上下を着て、猪首に細い当世風のネクタイを締めていた。太い首なのにネクタイの寸が詰っていないのは、舶来品だからであろう。そんな装束なのに片手に季節より気早い扇子を半開にして持っているのが、奇妙であった。

「いやあこれは。遅くなって失礼。実は、こちらの都合でお待たせしたというわけでしてな。早速ですが御紹介します。白石さんといわれます」

　縁の太いボックス型の眼鏡をかけた男が、寿太郎の隣に坐って軽く頭を下げた。

「週刊新春の編集長をしております。この度は、私どもの不注意のために、大変お騒がせしましたようで、寿太郎さんからうかがって驚きましたようなわけで、とりあえずお詫《わ》びと釈明にうかがいました」

　寿太郎をとっちめてやろうと手ぐすねひいて待ち構えていた人々は、この思いがけない登場者に吃驚して息を呑んだ。またしても寿太郎にしてやられた形だった。

「いや、誰が驚いたといって、あの記事を見まして私以上に驚いた者はおらんでしょうなあ、いきなり電話かけて編集長に話したい、と切出したのですよ」

「いや、本当に申訳ないことをしました。実は、グラビアに華やかなページがほしいと思いまして、日本舞踊の稽古場風景をとろうということで、前から社のものが存じ上げていた寿太郎さんのところへ邪魔にあがったんです」

「稽古風景というわけですから、我々もそのつもりでおったんですよ」

「はあ、ところが私どもの方でも思いがけず梶川流の後継者として有力なひとがいるということを偶然知りましたので、ジャーナリストとしては、その人ひとりにカメラをあわせるということに結果としてなったわけです」

「念のため言っておきますが、私が言ったのではないですよ。しかし三重子さんが家元のお子だということは、私の稽古場では誰知らぬ者がないので、そんな言葉の端が記者の方の耳に入ったものでしょうな。ま、不行届の点は、私もお詫びをしておきます」

寿太郎と編集長のどこか物慣れた口調には、まるでかけ合い漫才でもきかされているような空々しさがあった。申訳ないとか、お詫びしますとか口の先では言っているが、二人とも一向に悪いことをしたという自覚や自責は持っていないのである。

たまりかねて、寿々が口を挟んだ。

「それじゃ、なんですか、寿太郎お師匠さんとこでは、本衣装をつけてお稽古をなさるんですか。かつらもつけ、化粧《かお》もして稽古するんじゃ、お弟子さんたちはお物入りで大変ですねえ」

グラビアに出ていた梶川花は華麗な振袖を舞台衣装の着付けにしていた。稽古場風景を撮りにきたカメラマンが写したにしては、随分大形な写真だったのだ。

その疑念は誰の眼にも明らかで、寿々以外の人々も口々に、

「まさか、ねえ」

「あれが稽古なものですか」

「こんな芝居は通りませんよ」

と私語しあった。

「いや、それが私の留守でして、カメラマンが出直して二度来たわけなんですなあ。なんでも、やはり稽古ではあまり綺麗な写真にはならないから、誰か一人モデルにして舞姿をとりたいということで、三重子さんが偶然カメラマンの眼に止って、特に一人だけ頼まれたんです」

「へええ、寿也さんの後見姿は、それじゃ何なんです」

と、寿々は追求した。家元の生母が今頃出てきて、グラビアに麗々しく名が出ているのは寿々には花より遥かに腹立たしいことだったのだ。

「それがカメラの注文で、後見が一人はいって画面をひきしめてほしいというので、まあ、今までに血が繋《つな》がっているもの同士、晴れて写真に納まったこともなかったから、よかろうという軽い気持でして。何しろ、ああいう具合に名が出るとは、当人たちも思

いませんでしたのでね」

「軽率ですなあ。他のときとは違いますんやさかいな。誰が家元になるか、はっきりせん微妙なときに、軽い気持で写真とらすちゅうのは、どういうことなんか、僕らにはよう分りませんわ」

紋之助が憤然として言う。

どう言い開きをしたところで、誰も釈然とするどころではなく、寿太郎も白石編集長もけろけろしているので一層人々の心は鎮まらなかった。

「どうもその、私どもの方の常識では、家元というのがそんな大変なものとはつい思わなかったのとですね、複雑な御事情があるということも知らなかったものですから、家元の遺児ならば問題なく後継ぎだろうと早合点をして、ああいう記事になったわけです。お騒がせしたことをお詫びします他に、僕がこちらへうかがいましたのは、決して寿太郎さんが売込んだりしたのではなくて、責任は一切こちらにあるからということを、証明するためでした。以上で、僕も忙しいものですから、失礼させて頂きます」

白石も、自分が歓迎されていない客だということは気付いていたのだろう。明らかに寿太郎との間には何かの取引があって、それで取りきめられた分だけは役目と思って出てきたのであってみれば、用が終ればあとは帰るだけだった。

「待って頂きますわ」

秋子が足止めをした。

このところ、秋子の存在は端倪《たんげい》すべからざるものとして梶川流のひとびとは一目も二目もおいている。寿太郎に同調できず、梅弥の産む子も好ましくないと思いながら、ではどうしたらいいのかという方針を持ちかねている女たちは、ある意味では秋子の出方を待つという形の了解があった。だから、秋子が次に何を言い出すかと、人々は静まり返っていた。

「白石さん、お詫びの言葉はうかがいましたけれども、それで梶川流が受けた迷惑に対しては、あなたの方でどういう謝罪方法をとって下さるのですか」

「ああ、そのことですか」

白石は、ちらと寿太郎と顔を見合わせてから、

「そのことでしたら寿太郎さんとも御相談してみたのですが、いい考えが浮かばないのです。仮に取消し広告を出したところで、それではいかにも梶川流にはゴタゴタが、いや、つまり新家元がはっきりしないという話し方が表沙汰《おもてざた》になってまずいのではないかと、そういうことですな」

どうだ、その通りだろう、という顔をして白石は集まっている人々を見まわし、期待通りの反応を確かめてふてぶてしい顔になった。

「それじゃ、雑誌の方では、謝罪広告も何も出さないと仰言るのですか」

「はあ、出せば却って逆効果になるんじゃないですか。寿太郎さんも同じ御意見です」

要するに彼が出向いてきたのは謝意の表明のためではなく、寿太郎の顔がなんとか立つようにとの工作以外に目的はなかったのであった。

「白石さん」

帰りかけた編集長を、秋子はもう一度、呼びとめた。

「なんですか」

「私どもでは、まだあなたに諒解《りようかい》したとは申上げてありません」

「そのことなら、私どもの方ではこれ以上のことはできませんから、やむを得ません」

白石は、むっとして答えた。

険悪になりかけたとき、寿太郎が、哄笑した。

「いや奥さん、白石さんは悪いようにはしませんよ。いずれ新家元がきまったときには、ひとつ大々的に特集をやって頂こうじゃありませんか。白石さん、そのときには、よろしく頼みますよ」

「は、喜んで。それで今度の分は取返して、おつりがもらえるくらいやるとしましょう」

白石も笑い返して、まるで台本のできていたような幕切れだった。

いきなり出鼻をくじかれた形で、この日の会合は何を目的として集まったものか、わけがわからなくなってしまった。みんな思い出したように仏間に入って、猿寿郎の新しい位牌《いはい》の前に線香を立て、鉦《かね》をならした。

「新富町《しんとみちょう》さん、近々に温習会を出すというお話ですねえ」

米小村が仏間から目星い顔が戻ってきたのを見すまして一人に口を切った。言われた相手は一瞬、虚を衝《つ》かれた形だったが、すぐ笑顔を取戻して繕い直した。

「いいえ温習会といっても、ほんの浴衣《ゆかた》ざらいで、内々のお金をかけない練習会のつもりなんですよ」

「そうですか。浴衣ざらいに三越劇場を借りきって、三色刷りのプログラムまで出すなんて、豪勢なもんでさねえ」

寿々が、きっと聞き咎めて膝をのり出してきた。

「あんた、誰に断わって会をやるんだい」

「誰にって、お家元はいらっしゃらない折からですし、ほんの小さな、子供ばかりの会ですから」

「もぐりでやる気だったってわけだね」

「もぐり？」

相手は、これで居直った形になった。昔は新橋の芸者だから、怒れば寿々にだって対等の口をきく。それでも、言葉づかいが崩れないのは相当のしたたか者なのだろう。

「上根岸さん、ちいとお口が過ぎやしませんか。第一、あんたに咎めだてされる筋があるんでござんしょうかねえ、ちょっと皆さんにおうかがいしとうございますよ」

寿々を上根岸さんと、満座の中で呼ぶのは宣戦布告に等しかった。

「難かしいところでおますな。しかし、こんなときに流派の統一が乱れては後々まで他流のもの笑いでおますさかいに、この機会に、はっきり事務の届け先をきめておかんなりませんな。どうだっしゃろ」

紋之助の意見には讃成しない者はなかったが、しかし殊更にそんなことを言う必要はなかったのだ。秋子は家元の未亡人なのだし、梶川月として当然今は流派の元締を司《つかさど》っているべき立場だった。

だが、寿太郎がいかにも重々しく肯いてから、

「ごもっともな御意見です。ついては、亡き家元の奥さまに、前々通り、事務連絡をして頂けると有りがたいのですが、いかがでしょう御異議は？」

と形だけ一座を見廻し、

「御面倒ながら、曲げてお引受け頂けませんかな。これは総意でありますからして」

と秋子に事々しく持ちかけてきたとき、秋子の心の中には自分でも思いがけない強いものが芽生えようとしていた。

「お引受け致しますわ」

吐き捨てるような口調で秋子は答えた。引受けるという言葉とは逆に、烈しい拒否の響があって、背後で趺坐《あぐら》をかいていた崎山勤などは、はっとして眼鏡を直したくらいである。

「皆さんには、家元在世の頃と少しも変りのない秩序を保って頂くように私からお願い致します。新家元がきまる前も、きまってからも、皆さまが同じように踊りに精進《しょうじん》なさっていられるように、私もできるだけの努力を致したいと思っておりますから」

ちょっと気を吞まれて白けた部屋の中で、紋之助がとぼけた声で挨拶をした。

「いや、これで大安心というものでおますなあ。奥さまに昔のまま手綱をぐっと引締めて頂いていれば、梶川流も大磐石《だいばんじやく》というもんでおます。いや、こうのうてはかなわぬところですわ、ほなら、私はこれで遠い大阪へ去《い》なしてもらいまっさ。皆さん、くれぐれも御自重を」

一人だけ正装していたのが立ち上って、絽《ろ》の紋付の背に白く抜いた梶ノ葉の紋を人々に強く印象づけて紋之助が帰って行ってしまうと、これが散会の合図のようになってしまった。

これまでずっと寿太郎が差配をしていたのが、週刊誌などの小細工を弄《ろう》したのが祟《たた》って、この日の彼は精彩を欠き、代って紋之助の存在がどことなく頼もしげに人々の眼には映ったのだが、そのことに誰より気がついたのは寿太郎自身だったらしい。

「奥さん、いや、この度はまことに面目ない。私としたことが、と言いたいような失敗でした。どうぞ悪く思わないで下さい」

寿太郎もまた変り身は早い。彼は一人で秋子の部屋に来ると、秋子の意を迎えるために今までとはうって代った親しげな態度をとり、それから帰りがけに忌々しげにこう言い置いていった。

「それにしても奥さん、上方の人間は口と腹とが別々ですから、お気をつけて下さいよ。私はこれからの梶川流では、紋之助が癌《がん》だと思ってるんです、実は」

「そうでしょうかしら。私は、正直に言いますと、ああ、やめておきましょう。今は、黙って時の来るまで待っているのが私のとるべき態度なのでしょうから」

「いや、仰言って下さい。奥さん、私は老い先も短い、何といって欲のない躰です。なんの野心もあるわけでない。家元も、ですから、私を信頼して下さっていたのでして」

「そうですわね、私の知らないことも沢山御存知でしたわ」

「いや、それは奥さんの御心中もお察しは致します。しかし、なんというても、大事なのは梶川猿寿郎の名跡《みようせき》です。これがなくては要《かなめ》がきっちりしまりません。私は奥さんの慎重論には双手を挙げて讃成しておるのです。奥さん、私に水臭いことはなさらないで下さい。お考えは、何でも私にお聞かせ下さい」

「今言いかけてやめたことですか」

「そうですよ、紋之助が癌ではないとお思いですか」

「いいえ。癌というのでしたら、紋之助さんが一人だけじゃないと思ってますの」

「ははあ、なるほど、いや結構です。そのくらいに慎重にしていて下されば、まず間違いはないでしょうからな」

「私もそうなんですのね、きっと」

「え？」

「私も癌の一つかもしれませんわ。そう思ってますのよ」

呆気《あっけ》にとられている寿太郎の前で、秋子は声をたてて笑ってみせた。

秋子もまた家元の座を我がものとしたいという欲望を芽生えさせていることを、本当にはっきりと秋子自身で確認するときが来たのは、それから間もなくだった。

はからずも寿太郎の予言が的中して、紋之助が寿太郎以上の動きをしていたことを、米小村の注進で秋子は知ったのだった。

「だから関西の人ってのは喰わせものなんですよ。油断も隙もありゃしませんよ。こないだの寄合いに紋付なんぞ着こんできたのは、奥さん、あのひと成駒屋の帰りだったんです」

「成駒屋？」

それが猿寿郎生前の親友で、葬儀のとき情味溢れる弔辞を喋った役者だと気がつくまで間もなかった。

「そうですよ、小紋親子を連れてったんですよ、奥さん」

「連れてって、どうしたの」

「子供は成駒屋の部屋子《へやこ》になりましたよ」

「まあ」

「一目見て成駒屋は、そっくりだ、生き写しだって、それは大変な騒ぎだったそうです。あの派手な方ですから、もうあちこちで猿寿郎の子供は俺《おれ》が預かった。芸質もいい、押し出しもきく。楽しみが一つ殖えたと、もう手放しなんだそうです」

「考えたものだわね」

「こりゃ週刊誌より、一枚も二枚も上手《うわて》ですよ」

「そうねえ」

「落着いていらしちゃ困りますよ。梅弥の方は今となっても急がせるわけにいかないし、私はどう動くこともできません。奥さんだけを頼りにしてるんですから」

「ええ、これで大方の物の考え方も分ってきたから、私もそろそろ挨拶まわりをしようかと思っているのよ。なんといっても突然のことで、私も茫となってしまっていたから」

「ええ、ええ、ごもっともですとも。でも、もう、そろそろ」

「ええ」

米小村はしびれを切らしている様子を隠さなくなっていたし、秋子もそのことは考えていた。梶川花、小紋の子、この二人に対抗するのに家元未亡人で梶川月である秋子がそれほどの策を必要とするとは思われなかった。昔のように下手な踊り手の頃ならともかくも、今では名人会から口のかかってくる舞踊家である。

だが、計算《はかりごと》は密なるを以てよしとす、という金言を、秋子は守らないわけにはいかなかった。腹を打割って、話す相手がいようとは思われなかった。米小村にしたところが、秋子の前では秋子の味方のように振舞ってはいるものの、寄らば大樹のかげ、というのが根本方針で、寿太郎や紋之助と計器《はかり》にかけているのは間違いなかった。梅弥の義母とはいい条、決して全幅の信頼を寄せることもできないし、股肱《ここう》の臣と思うわけにはいかない。

その点では、一門の憎まれものに成り下ってはいても、梶川寿々は、千春と秋子以外の者に媚を売る心配だけはなかった。やはり母親は有りがたい。とはいっても、秋子に野心があることを千春に告げられては困るから、肝心のことは言えないのである。

「畜生、口では家元になるなど滅相もないと綺麗なことを言っていて、だから上方の人間はやることがきたないんだ」

寿々も紋之助のやり方を知ると口汚なく罵ったが、もう最初の頃のように取乱すことはしなくなった。その点では千春より年功というものである。

「でもね、母さん。紋之助たちは家元のイの字も口に出していないんですよ。自分の弟子筋の者を部屋子にしてもらう口ききをしただけだと、訊けば言うでしょうよ。成駒屋さんは、もともと梅玉さん系の関西の役者なんですから」

「口惜しいけど、賢いんだねえ。最後はさらわれてしまうんじゃないかねえ」

「さらわせませんよ、私は」

昂然と言い放つ秋子を寿々は驚いて、見上げたらしい。

「いい手があるのかねえ。私はその子を養子に迎えるのが一番いいと思うけど」

「関西の人間に家元を渡すのでは、梶川流が治まりませんよ」

「紋之助とも親とも手を切らせて、お前が引取ってしまうんだよ。……出来ないかねえ」

「出来ませんよ。あの人たちが離すものですか」

「お前に男の子があったら、何も言うことはなかったんだけどねえ」

「よして下さいよ、母さん。言っても仕方のないことは言わないで下さい」

秋子はこんなときに自分の躰が石女《うまずめ》であったことを思い出したくはなかった。梅弥の子供の誕生がひたすら待たれ、それは、まるで自分の子供が生れてくるのを待つような錯覚に秋子の身を包むことがあった。どんな子供が生れてくるか、未知への期待は、既に生れて保護者たちによって動かされている子供たちより、未知なだけ純粋な期待をかけることができるように思われる。秋子は思いたつと、チーズやジュースなどを買って、梅弥の見舞に出かけた。

「暑くなったわねえ。つらいでしょう？」

大きなお腹《なか》をしてマタニティ・ドレスを来た梅弥は、もう二の腕まで出している夏姿なのに、額にうっすらと汗がにじんでいる。厚化粧になれた青白い肌が、ここしばらく白粉《おしろい》気なしで放置されているので、年齢の通りの若さを取戻しかけていた。眼のふちのメーキアップをとると、梅弥は近く母親になるとは考えられないような稚《おさな》い顔をしていた。

「ええ、でも辛くない。それに、なんだか躰を動かしたくて仕方がないんです。だからお義母さんに言われなくても、掃除や洗濯どんどんやっちゃうんですよ。おかしいですね。前はそんなこと大嫌いだったのに」

「元気なのね、よかったわ。赤ちゃんが丈夫なのよ、きっと」

「お腹の中で、そりゃよく動くんですよ。変な気持、フフフ。可愛いいって思っちゃうんです。まだ生れて来ないのに」

まだ生れて来ないのに可愛いいと思うというのは、経験のない秋子を感動させた。母親というのは、そういうものなのであろうか。子供というのは、そうして生れ出るものなのであろうか。

「踊りの好きな子かもしれないわね」

動くという連想から、つい思いついて言ったのだったが、梅弥は無邪気な顔をあげて、

「お義母さんも、しょっちゅうそう言うんですよ。でも、私の本当の気持を言うと、踊りのことなんか、どうでもいいんです。ただ手足のちゃんとついた、まっとうな子供が生れてほしいと思って……」

「そう」

石女のついた吐息を、梅弥は勘違いしたのか更に説明した。

「あの、他のこと考えちゃいけないって気がするんです。祟りでもあったら、大変だって思うんです。誰に似てなくても、ちゃんと満足な躰で生れて来てくれればって、それぱっかり手を合わせてお願いしてるんです」

「水天宮さんの帯してるんでしょ？」

「ええ。でも、拝むのは水天宮さんだけじゃなくて、神さまでも仏さまでも、俄かに信心づいちゃって、あっちこっち拝みに歩いてるんです。お義母さんが危ない危ないって言うんですけど、家の中だけでじっとしてると、躰が余っちゃって運動不足になるし、お医者さまも散歩しなさいって仰言るんです」

「そうね、来月になったら空気のいいところへ転地したらどうかしら。軽井沢に一緒に

出かけてみない」

「わ、すてき。お願いします」

夫の愛を享け、その形見を躰の中で育てている女と、子を持たない未亡人との対話は、梅弥が無邪気なだけに秋子の心にはこたえることが多くて、帰り途はじっと考えこんでいた。子を産まなかった妻というのは、いったい何なのだろうか、子を持つ女は、妻の座を持たなくても、こんなにも世俗を超越して生きることができるというのに——。

私は、だから、梅弥の子供のために「父」の役目を果してやろう。仮に猿寿郎が生きていたとしても、彼なら決して果さなかったであろうような父親の責務を自分はきっとしとげてみせる、と、秋子はやがて決意していた。闘うのだ、美津子の子とも、小紋の子供とも。同じように猿寿郎の胤《たね》を享けて生れてきた三人の中で、梅弥の子だけに抜ん出た栄光を与えることができるのは、自分より他にはない、と秋子は思った。この情熱は、誰に対する当てつけでも復讐《ふくしゅう》でもなかった。だから純粋なのであろうと秋子は半ば信じている。

美津子の子供を憎いと思うわけではなかったのだ。しかし、秋子の知る頃から、つまり秋子が妻になるずっと前から、猿寿郎と美津子は関係があって、子供のできたのは秋子が妻となってからである。愛情が持てるわけはない。

小紋の存在も知ってはいた。しかし、旦那持ちで他に二人ほど子供のある小紋に、明らかに猿寿郎の胤と分る息子がいるという不思議は、秋子の想像を遥かに上まわる事実であった。今さら、顔を見たこともない子供に、突然その存在を知らされても、秋子の立場でどういう愛情が持てるだろう。

それと較べてみれば、梅弥の子供は、何故か新鮮で、文字通り無垢《むく》の生命に違いなかった。人間というのは、まあ、育つ間に、どれほどの世俗的な煩わしさを身につけてゆくものであろう。美津子の子供にも、小紋の子供にも、当人の好むと好まざるとに拘らず、もはや抜きさしならないものが大人たちの執念によって、わずらわしさがとぐろを巻いている。一人は梶川花という動かし難い名跡を譲られてい、一人は瓜二つの容貌を継いだ。だが、梅弥の子供に、猿寿郎は何一つ残していないのである。米小村と梅弥を一つにしても、寿太郎、寿也、美津子の一群と、紋之助の関西勢にはかなわない。最も不利な立場に生れてくる子供というだけでも、秋子は今では何かふるいたってくるのだった。

「義姉さん、近頃は急にいきいきしてきましたね」

「崎山さんもそう思うの？　実は私ね、やっと私でなければいけないようなものが見つかったような気がしてきたんですよ」

「それはなんですか」

「あら、梶川流の総元締ですわ」

「なんだ、そんなことは初めから分っているじゃないですか」

「そんなことないでしょう。永い永い間、私は存在を忘れられていた女だったのよ」

「そんなことはない。少なくとも僕が日本へ帰ってから会った秋子さんは、すでに押しも押されもしない存在でしたよ」

「そうね、じゃ言い直しましょう。つまり、ようやく私が気がついたのですよ。いいえ、家元が死んで、私は自分が取返せるのかもしれないと思ってるんですわ。これまで、誰の為に生きていたのか分らなかったけれど、これからは目的がありますもの」

「それは何です、生きる目的っていうのは」

「梅弥ちゃんの子供ですわ」

「秋子さん」

崎山勤は反射的に大きな声を出した。

「いや失礼、義姉さん」

「驚いた。どうなさったの」

「感動したんですよ。子供って、つまり血が繋がってなくても女には必要なものなんですかね」

「男でも同じことじゃないの。崎山さんに私も訊いてみたいと思ってたのよ。あなた、子供がほしいとは思ったことなくて」

「ないですね。自分の子じゃないけど、ベティ一人で沢山だって気がしますよ」

「ベティが可愛いくない？」

「一緒に暮してるし、あれも僕にパパと言うから、情は移ってますけどね、生甲斐になるような存在ではないな」

「子供は、できなかったのかしら」

「いや、つくらなかったんですよ。父親違いの子供はややこしくていけないし、千春は一日でも踊れなくなるのは、もう嫌だって言うし、女は、二人産むとがたっと老けるんですってね」

先夫の子を連れて再婚し、二度目の夫の子を産みたがらないというのは、いかにも千春らしいことであった。十月十日《とつきとおか》間踊れなくなるのを厭《いと》うというのも、踊りに憑《つ》かれた女の言い草としては、いかにも千春の言いそうなことだ。

「千春はここんところ、ちっとも顔を見せないのね。そんなに忙しいのかしら」

「怖るべきものですよ。テレビでもラジオでも、積極的に出ていますからね。近々、芝居にも出演の話があるんだそうですよ。ジャーナリズムに売りまくって、梶川花を凌《しの》ぐ気らしい」

「テレビの振付けもやっていたじゃないの」

「ええ、近いうちに後援会が出来るらしいですよ。江戸盛造を会長にするんだといって、今は内山さんとこへ日参してますよ。いやあ思いこむと凄《すご》いものだな。僕はもう呆気にとられてるんだ」

「内山さんて？」

「NTOテレビの社長ですよ。若手の財界ホープだそうですね」

「そう。……それじゃ崎山さんも御迷惑ね。本当に勝手な子で、すみません」

「いや、もう淡々たる間柄ですから、こうなるといっそベティが僕の子じゃないだけ気楽ですよ。もっとも、それでよくこの家に来て御馳走《ごちそう》になってるんだから、御迷惑は義姉さんの方でしょう」

「いいえ、私は千春と較べれば何もしていないようなものなのですもの」

答えてから秋子は、そういえば近頃は一日おきに崎山が来て、夕食も一緒に箸《はし》をとることが多くなっているのに気がついた。

「暑くなってきましたね」

「梅雨があけても湿度が高いから」

「梅弥を連れて軽井沢へ行こうかと思ってるんですよ」

「それはいいな。ひとつ僕もゴルフの腕をみがきに行くかな」

秋子は箸を置くと、崎山の顔は見ないようにして、そっと食膳を離れた。

家元になるために狂奔している妻から閑却されている昔の恋人と、こんなに繁く会うのは、秋子には避けたいことであった。今になって、親しくなるのは、秋子も野心を育てようとしている今、やはり迷惑というものであった。

空梅雨だった分の湿度が夏に入ってわっとひろまったように、じっとしていると肌がべとべとしてくる季節であった。大型の車に冷房を入れすぎて梅弥の躰にさわってはいけないと気をつかい、朝早くから小一日ばかりの安全運転で軽井沢に着いてみると、ここはまるで世界も違ったように空気が涼しく落着いていて、肌もひいやりと快く、青葉を渡って吹く風がおいしかった。

「ああ生き返ったような気がするわア。奥さま、感謝」

梅弥が、もうこれ以上はあけられないというほど胸ぐりを大きくあけたマタニティ・ドレスを着て、両手をひろげて言う。七カ月に入った腹部は、まるで小山のようにふくれ上っていた。米小村の女将《おかみ》は双生児ではないかと、月より大きいので心配したが、医者は心音は一つだし、別段の異常は認められないと言っていた。近頃の若い子で体格がいいから子供も親に似て早くからよく育っているのであろう。それがやはり母体にはこたえるのか近頃の梅弥は腹部と反対に顔は瘦《や》せぎみで、眼が大きく、険が出ていた。東京の町中での暑さも、それだけ強く感じていたのに違いない。無作法な言葉ではあったが、軽井沢の気温は梅弥にとってこよなく有りがたいものだった筈で、喜びの実感がこもっていた。

去年までは、家元の別荘といっても、夏の間に特定の弟子たちに避暑かたがた掃除をやらせる程度で、忙しい猿寿郎も秋子たちも長い期間落着いて暮したことは殆ど一度もないところだったが、今度は梅弥は東京が涼しくなるまで居る予定だし、秋子も用のない限り滞在するつもりで、日常の必要品もかなりまとめて運ばせてあった。内弟子二人が先着していて、管理人と一緒に念入りな掃除をして秋子たちを待ちうけていた。

「奥さま、たった今、千春先生からお電話がございました」

「あらそう、なんですって」

「まだお着きになりませんと申上げましたら、それじゃまたかけますと仰言いました。こちらからお呼び返し致しましょうと申しましたら、お出先でいらっしゃるご様子でした」

「ありがとう」

今朝出てきた姉に東京からかけてくるようでは、よほどの急用だろうかと気にかかったが、梅弥を休ませたり、物の置き場を変えさせたり、湯殿のスノコが少し古いので、梅弥が踏み抜いて万一のことがあってはいけないと、管理人を大工のところに走らせたり、秋子のしなければならない用事が多く、その日は忘れていた。

翌日も、千春は何の用事があってかけてきたのかと気懸りになるときもあったが、自分からかけると言って切ったのだし、どうせスタジオやら後援者のところやら、走りまわっているのだから、千春の家にかけても留守だろうし、それで夫の崎山勤が電話口に出たりしたら、なんとなく面倒だという煩わしさもあって、秋子はほうっておいた。

自家用車は猿寿郎が亡くなったので運転手と共に一台は処分し、一台は猿寿郎が事故で大破してしまって使えず手放してしまっているから、外出には一々ハイヤーを呼んだが、妊婦を食事ごとに車で外へ連れ出すのは心配だったので、好きなものを家で料理させた。台所とは、無縁の芸者育ちだが、梅弥は肉体から、湧き起る強い食欲に励まされて、何と何を買ってきて何をつくろうという意欲に充ち、朝、眼がさめるときからその日の昼と夜の献立ばかり考えているようだった。他に用事はないのだし、適当な運動といっては散歩があるだけだから、秋子も梅弥の勝手にさせることにした。

「それじゃ、ちょっと出て食事までに帰りますからね、梅弥ちゃん」

「はい。高いところのものを取ったり、重いものを持上げたり致しません」

梅弥が反射的に答えて、賑やかな笑い声をたてた。亡き愛人の妻と暮すことに、なんのわだかまりも持っていない無邪気な女だ。

「本当に大事にしていて頂だいよ」

「はい、大丈夫です。私も、ちゃんと産みたいんですもん」

「そうね、そうだわね」

軽井沢の町の中の道は、細くて凸凹が激しい。躰をゆさぶられながら秋子は、頭の中で梅弥の言葉を反芻《はんすう》していた。私も、ちゃんと産みたいんですもん。私も、ちゃんと産みたいんですもん……。小さな窓の中で、軽井沢風景が揺れる。派手なリゾート・ウエアの男女が、申しあわせたように皆サングラスをかけて、秋子の乗っている車の両側を通り過ぎる。

秋子が軽井沢へ来た目的は二つあった。

一つは言うまでもなく妊婦の躰をいたわるためであり、それは生れる子を待ち受ける家元未亡人の義務というものでもあった。もちろん秋子には、そうした義務や打算ぬきで梅弥と生れる子供を大切にしたいという気持はあったのだけれども。

もう一つの目的が、今日の橋本先生邸の訪問である。芸術界の長年の保護者《パトロン》であり、理解者であり、芸術家の育成者としても高名な橋本雅竜翁は、もう八十歳に近い高齢で、夏はもう何十年も前から軽井沢の広い別邸で過すのが習慣になっていた。秋子は東京から一度手紙を出してお訪ねしたい旨をしたため、翁の秘書宛《あ》てに思いきったお中元を送っておいた。だから、殆ど折り返しに近い早さで、いつでもお出かけ下さいという返事を手に入れていたのである。秋子の膝の上には、千疋屋で用意させた極上のメロンとアレキサンドリアの入った大きな桐箱《きりばこ》がのっている。大富豪の翁に贈りものとして持っていくには、鮮度のあるものが何よりの場合であった。

近頃の軽井沢は、よく言えばすっかり民主化してしまって、小さな地所に手軽い別荘、というより山小屋めいたものが所狭しと建ち並んで、すっかり俗化してしまったが、さすがに橋本翁の別荘は昔ながらの広大な敷地に、閑雅な構えでさりげなかった。自然木が手入れされて、あちこちに人間二人でようやく抱えられそうな幹まわりの樹齢を経たものが聳《そび》え立っている。秋子はもう小腰をかがめながら、つづれ折りの小径を歩いていた。薄紫の紋紗《もんしゃ》の袖に、木洩れ日がちらちらと降りかかる。

「やあ、いらっしゃい」

一枚の名刺に刷りきれないほど多くの名誉職についている翁も、この山荘ではときに人恋しくもなるのであろうか。秋子が電話で前以て訪問を伝えてあったのに、心待ちしていたらしく、開放的な庭に面した座敷の縁先に立って秋子を迎え入れた。

「御無沙汰申上げております。何かとかまけておりまして本当に失礼の段はお許し下さいませ」

「いやいや、家元は急なことだったから、あなたもさぞ大変だろうとお察ししていましたよ。遠いところをよく来なすった。今日はゆっくりして行きなさい」

「有りがとう存じます。でも、そんな不躾《ぶしつけ》なことは御遠慮させて頂きますわ。御挨拶だけでもと思って参りましたのでございますから」

「いや、御存知の通り、この齢でだんだん人嫌いになりましたがな。しかし先刻からここに立って見ておったら、あなたの白足袋がそれは形よく動くので感心していたのです。さすがに踊りで鍛えた人は違うものだな。足の運びが、実に見事なものだ」

「まあ」

秋子は、汗をかいていた。それにしても、老齢でも遠くから、白足袋の動きを見るという眼の確かさというか鋭さは、さすがに橋本雅竜だと思った。それだけの鑑識あって、この地位についているというものだろう。

「家元には生前度々会う機会はあったが、あなたは舞台姿だけで、前から一度はゆっくり食事でもしてみたいと思っていたのですよ」

「それは光栄でございますわ。なんですか、本当のこととは思えないくらいでございますけれど」

「私があなたに世辞追従《ついしょう》を言う筋合は何もないのですよ、奥さん」

秋子は、失言をたしなめられて、また汗を掻いた。威厳に充ち満ちた老爺の相手でも、これほど骨の折れることはまずなかなかあるものではない。

「あなたの舞台には何かこう芯のところに冷静至極なところがある。吾妻徳穂《あずまとくほ》と対照的ですな。あれは全身火の玉だ。爆発寸前といった趣がある。が、あなたのは月という名の通り、煌々《こうこう》として闇《やみ》を照らしながら燃えていないのです。私が若かったら、さぞ小面憎く思い反撥《はんぱつ》も感じたかしれませんな。しかし、齢のせいか私は舌を捲いたのですよ。冷静だけれども冷えきっているわけではなくて、諦念《ていねん》というものに立脚しているように見える。お若いのに、これは見事というしかない。諦念を持った舞手といえば老妓の中に名手は多いが、あなたの芸は枯れていないのですからな。どんな育ち方をした人だろうかと、私は興味があったのですよ」

秋子は不世出の踊りの名手と並べられただけで、もう言葉もなく恐縮していた。それに橋本老の言葉も全部が全部理解できたわけでもない。「ていねん」という言葉は耳立ったが、これは何のことか文字も思い浮かばなかった。分ったのは、疑いもなく橋本雅竜が秋子の踊りを激賞しているということであった。秋子は胸が一杯になっていた。

今日まで自分らしい生き方は何一つなく生きてきたのも、この言葉を聞くだけのためだったかと思えば、後悔もないと思えるほど嬉《うれ》しく有りがたい。秋子は翁を訪ねてきた当初の目的も一瞬忘れて、涙ぐんでいた。

「不思議なことに、ここもと梶川流の方々がよく見えられるようになってな。その度に、あなたがどうしておられるかと、余計なことだが気に懸っていましたよ」

秋子は、はっとして顔を上げた。上気していた頰から血の気がひいた。

「私どもの流儀から、でございますか？」

「さよう。なんと言うたかな、私と同じような老人も見えられたな。若い娘さんを連れられて、挨拶じゃと言うておった」

「梶川花でございましょうか」

「そうじゃった。そんな名前であった」

「それでは伺ったのは梶川寿太郎でございますわ」

秋子は唇を嚙んだ。

「関西からも、ちょくちょく見えるのがあるな。なんといったか……」

「紋之助でございましょう？　男の子を連れて御挨拶に伺ったんではございませんでしょうか」

「そうじゃった。当時の子供に紋付羽織を着せると、見ていて何かこう、気の毒のような気がするですな」

秋子は俯向いて、また唇を嚙んだ。寿太郎も紋之助も、それぞれ梶川花や小紋の子という猿寿郎の落し胤を擁して、実力者めぐりをしているのは噂もあったし、想像もできてはいたが、いざそうした後へ自分が出てみると、秋子も口惜しさや情けなさが今更のように胸をしめつけてくる。

「お恥ずかしゅう存じます」

秋子は、うなだれて言った。橋本老には何もかも見透しと思われたから、ここで体裁を取繕っても始まらないし、秋子の芸を褒めてくれた相手なら、本音を吐いても案外味方になってくれるのではないか。いや、今の場合それ以外に秋子のとれる方法はなかった。

「いや、いや、あなたが恥じることはありませんよ。家元も若いときに急なことだったのだ。後のことが定まっていないのも当然でしょう。御心労はお察ししますよ」

「有りがとうございます」

「それで、あなたはどうなさるおつもりかな。いや、私が差出る筋は何もないのでな、これまで梶川なにがしが見えられても私は門違いじゃと言うて来たので、あなたの考えをうかがっても私に何ができるでもないが、まあ隠居の年寄でもいい智恵があることもあるかしれん。よかったら聞かしてくれませんかな」

この問いかけにも秋子の身には余るほどの好意が溢れていた。秋子の素直に応ずべき場合であった。

「私としては、どうしていいのか本当のところは分らなかったのでございます」

「ごもっともです」

「お恥ずかしいことでございますが、主人の子供と申しますのが次々と名乗りをあげてきて、誰も認知してありませんし、正式に披露したこともない相手で、これが何でもないときなら私が主人に代って応分の遺産分けなども考えるところなのでございましょうが、みんな家元の跡目を継ぐ気がございます。門弟たちも動揺しておりますし、私としては何より考える時間が必要と存じましたので、秋まで何もかも保留ということに致しましたんでございます」

「ご立派な裁決でしたな、それは」

「いいえ、お恥ずかしいことなんでございます。それと申しますのが、秋にまた一人、生れますんでございます」

「誰が？　家元のお子ですか、ほほう」

「寿太郎も紋之助も申しませんでしたでしょうか」

「いや聞いてません。二人とも秋に家元襲名をするという口上《こうじょう》だったので妙なことだと思っていたのです」

「家元襲名？　そんなことを！」

「どちらもまだ子供だから、私は一層妙なことに思って、今その名を持っているのは誰方《どなた》かと訊いたところ、あなただということだったので、おいでを待っていたのですよ」

「私が主人から何か一言でも聞いておりましたら、迷うことも別々に動くこともなく納めましたんですが」

「家元もあなたには頭が上らなかったのでしょう。いや、よくあることですよ」

「私の考えで申しますと、どの子供も私の産んだ子供ではございませんので、却って皆同じように」

「一視同仁ですかな」

「はい。ただ、一人には寿太郎が、一人には紋之助がというように夢中で肩入れしている門弟がついてしまいますと、あとの流派の中の者たちにはどうしても不満が出てまいります。それで、そのときの判断で咄嗟に、もう一人の子供が生れたなら、その子が男ならこれを跡目にしましょうと軽率に言いきってしまったのでございます」

「まあ、筋道は立っていますよ。しかし、女だったらどうなさるおつもりですか」

「男女にかかわらず私の養子にして、女ならば梶川雪という家元一家の止め名を使わせようかと思ったのでございますが」

「なるほど」

それから長い間、沈黙が続いた。橋本雅竜は両眼を閉じて、ソファに背をもたせかけたまま、まるで眠ってしまったように動かなくなった。

秋子もまた、じっと考えこんでいた。これまでの経過を無駄なく簡潔に話してみて、粗漏な点はなかったかどうかと改めて自問自答してみると、それらは必ずしも今の秋子の考えと同じではないが、間違って伝えてはいないという確信だけはあった。しかし、それでもなお心にわだかまるものがあるのは何か——、秋子は知っていた。橋本翁の前で流派の恥はさらせても、血縁のもののことまでは言い出せなかった。妹の千春もまた家元の座を狙っているということを。そして秋子はもう一つ気がついていた。それは今では秋子自身もまた家元の座を誰にも渡したくないという執着を持ち始めていることであった。梅弥の子供を待ち受けているのは、梶川流のためではなく、今では秋子自身のためであった。

「奥さん」

やがて橋本雅竜が小さな眼をしばたたきながら言った。

「わずらわしいことですなあ」

「はあ、本当に。こんなことでお耳を汚しまして、申訳ございません」

「いやいや、そんなことでなく今私が考えていたのは、このわずらわしさの原因は何かということですよ。奥さん、家元というものがなければ面倒は財産分けだけだと言われたが、まったくその通りですな。私のような旧弊者がそう思うのに、若い人らが子供を天一坊にして、あちこちで伊賀亮《いがのすけ》をきめこんでいるのは笑止千万ですなあ。当人たちはこの喜劇に気づいておらんのでしょうが」

秋子は翁の痛烈な皮肉が自分自身にも向けられていることに気がつかないわけにはいかなかった。

「はい」

蚊の鳴くような声で相槌を打ち、腋の下にどっと汗を掻いていた。躰が蟻《あり》のように小さくなってしまえばいいと思った。

「お恥ずかしゅう存じますわ。本音を申せば、私、どうしていいのか分らないんでございます」

「家元制度というのは古いなりの合理性もあるのですから、私のような局外者は無責任なところで何とでも言えますが、当事者は大変にわずらわしいままで逃げることはできんでしょうな」

と翁は人が悪い。秋子に冷汗三斗の思いをさせておきながら、そのすぐあとでまたこんなことを言う。

「ただ妊《みごも》ったままで残された者と、これから生れてくる者を思いますと不憫《ふびん》で、私が力になってやれたらと思ったのでございますけれども」

「天晴《あっぱ》れ貞女のお考えですな」

なおも意地悪く茶化したあとで、

「そういうわけで、あなたをさしおいて家元襲名をふれ歩いているのなら、これは奥さん、かなり面倒なことになりますよ」

「はい、私も心配で、それでおすがりに出ましたようなわけで」

「まあ老骨が何の役に立つわけでもないが、折角の梶川流を四分五裂してしまうのは故人の意志ではないでしょうからな。しかし、はてこれはどうして纏《まと》めたものか。生れてくる子供が鍵《かぎ》を握っているというのは推理小説に似てますな」

「ほんとに、咄嗟に思いついて言ってしまいましたので」

「いやいや、生れてくる者を保護するのは、総ての大人の義務ですよ。ところで、その若い母親というのは」

「軽井沢《こちら》へ連れてきております」

「あなたが？　ほほう、一緒にお暮しですか、ほほう」

橋本翁は、しげしげと秋子の表情を見守って、なぜかしきりと感嘆していたが、
と訊いた。

「ところで、あなた、いつまで御滞在です」

「九月まで暑い間はこちらで静養させたいと思っておりますので、私も用のあるとき東京へ出るようにして、こちらを住居にしておこうかと思っております」

「そう、それなら、ゆっくり食事に、そうだな明日でもいい。江戸君も招んでおこう。それから芸術院の小金さんも、こちらに来ている筈だから、うむ、赤坂飯店の出張店が美味いから、出かけましょう。どうです」

「有りがとう存じます」

「では、時間はあとで連絡させます。それまでに私も考えておこう」

話し終るとそれが合図のように、橋本雅竜は立ち上った。

まるで秋子の心中計画するところを見透したように、江戸盛造と小金頼近の名前が出

たのでまた緊張してしまったけれども、考えてみれば彼らに会うのが橋本雅竜の肝煎《きもいり》だということになれば秋子としては全く申分のない出来事だった。そこで総てが解決されるだろうし、三賢者の決定には秋子も潔く従うべきだった。決定の場に他の門弟がいたり、後になって決定をきかされるより、家元未亡人としては、どのくらい優位に立つことができるか分らない。

橋本翁の口調には心の在りかを見せるような抑揚がなかったので、推しはかりようはなかったけれども、寿太郎や紋之助たちの事前運動を決して快く思っているとは考えられなかった。といって秋子の裁決を支持するかどうかも疑わしいのだが、秋子自身が自分の決めた通りに推し進めようという強い意志は持っていなくて、むしろ迷っていたし、迷いの細かい亀裂の間から、ちらちらと秋子自身の野心が姿を見せている。橋本雅竜から激賞された舞踊家ならば、家元の座に着いても不足はない筈だとも思い、子供を囮《おとり》に伊賀亮をきめこむより、いっそ自分が名乗り出た方がさっぱりしていていいとも思ったりする。がともかく、総ては明日の夜の会合で定まるだろう、と秋子はそれに危惧《きぐ》は抱かなかった。

狭い道を車で激しく揺すられて帰ってくると、木立ちの多い軽井沢はもう夕闇が庭先に漂っていて、縁に出したデッキ・チェアに腰かけて待っていたのは崎山勤だった。

「まあ」

あまり思いがけなかったので、秋子が一瞬立ちすくむと、崎山は立ち上って、

「やあお帰りなさい。お邪魔しています」

と、屈託のない迎え方をした。

「まさかと思って、びっくりしたんですよ。よくいらっしゃいましたわ」

「着いたときは、丁度入れ違いだったらしいです。東京から意外に混んでなかったので早く着いたんですよ」

梅弥が台所から手を拭《ふ》きながら出てきて、

「奥さま、崎山さんが若鶏を二羽と、松阪牛をどっさりお土産《みやげ》に下さいました」

と、報告する声が弾んでいる。食欲の鬼みたいになっている梅弥は、自分がもらったように大喜びをしているのだった。

「何よりのものを、畏れ入ります。この人の栄養には気を使ってますのよ、有りがたく頂だいしますわ。崎山さんて、よく気がおつきになるのね」

「いやあ」

秋子は畳みかけるように、梅弥への贈りものとして受取る意味を強めて言うのに気がつかないのか、崎山はてれて苦笑いしながら、

「千春があれこれと買って行けと言ったんですよ。あなたにはオーデコロンということで、気に入ってもらえるかどうか」

「私に？」

ゲランのミツコのオーデコロン入りと分る紙包みを見て、秋子は少し疑いを抱いたが、切り出せなかった。

「お湯の御用意できました」

内弟子が告げにきたときも、秋子は咄嗟に崎山の方を見て、

「いかがです。よろしかったらどうぞ」

と言ってしまったのだが、このときも崎山は屈託なく、

「そりゃ有りがたい。東京の汗を流させてもらおう」

と、さっさと風呂場へ行ってしまった。

秋子は自分の部屋に入って、あちこち整理してみたが、どうにも落着かないので、台所の方へ顔を出した。

「何ができるの」

梅弥は含み笑いをしながら、

「洋食なんです。鶏の丸焼きと、シチューと鮭のサラダ」

と献立を言う。ガス台の横に料理の本が二冊、一つは色刷りの美しい写真ページをひろげてあった。

「凄いのね。本を見ながらでもそれだけ出来れば大したものだわ」

「でも味つけに自信がないから、鶏はあとで崎山さんが見て下さるそうです」

「崎山さんがそんなこと？」

「お料理がお道楽なんですって。アメリカではずっと御自分でやっていらしたし、千春先生よりお上手だって自慢してらっしゃいました」

「そうォ」

憮然《ぶぜん》として縁先の椅子《いす》に腰をおろし、涼風に吹かれていると、

「お先に。ああ、さっぱりした」

と言いながら、崎山が上ってきた。ズボンもシャツも淡色のホームウエアに着替えてある。それはもういかにもこの家に寛《くつろ》いだといわんばかりの天下泰平な恰好だった。

今夜のお宿はどちらにおとりになりましたの？　という質問が喉許《のどもと》までこみ上げてきたとき、台所から梅弥の声で、

「崎山さん、匂いがすごいんですけど大丈夫でしょうか」

「ああ火加減が強かったのかな。すぐ行きます」

崎山は秋子に笑いかけて、

「ロースト・チキンですよ。今晩はお目見得《めみえ》代りに僕が腕を振います」

と言い置いて行ってしまった。

秋子は一層所在なくて、勤の後では気がすすまなかったが、風呂に入ることにした。

女と違って男は気の使いようが浅いから、日本式の浴槽の湯を次から次へ汲み出して流したまま出ているので、かなりの水を足してから、自動式のガスに火をつけて沸かさなければならなかったのだけれども、水道の水が蛇口から奔り出る音でようやく秋子は救われた思いがした。

ゴルフをしに僕も軽井沢へ出かけようかと言っていたのが、つい昨日のことのように思い起せる。そして勤は早速実行に移したのだった。若鶏といい牛肉といい、どっさり土産を持ってきたのは、ひょっとすると宿泊料がわりなのかもしれない。千春が秋子の着いた日にかけてよこした電話はいったい何の為だったのだろう。土産物は千春の指示に従ったように勤は言ったが、それでは千春はいったい何を目的にして自分の夫を姉のところにさしむけたのだろうか。

たっぷりと湯の中に浸って秋子は両腕を伸ばした。もう十年の余も洋服を着たことがない。日光にさらしたことのない腕も躰も色白で、夫が外に子供を作っていたとは信じ難い美しい裸体だった。猿寿郎が他の土地に稽古に行くとき、女を連れていったり、その土地に女ができたりという場合が浮気のときなのであった。妊娠した梅弥も、躰をいとうべき時期に車に乗って遠出をすることになっていたのは、今になって考えてみれば不憫でならない。そうして思えば美津子も小紋も他の女たちも、本妻の座には迫ることもできない気の毒な待遇に甘んじていなければならなかったことになる。

しかし女たちの長い間の忍従が、猿寿郎の死と共に我慢の緒を切って噴き出てきたのがこの今の争いごとであるのかもしれなかった。死んだ猿寿郎を誰も責めないけれども、いわばこの揉めごとの元凶は彼なのだ。夫の死後、その始末に追われる妻こそいい迷惑というべきかもしれなかった。

家元というのは、いったい何なのだろう。

橋本雅竜の言った言葉は秋子の心の奥深くにぐさりと突き刺さっている。何から始まって家元に、今のような権威が付せられたのだろう。

遠い日の記憶を秋子は呼びさました。千春が生れたときのことであった。秋子は六歳になっていた。「お家元がいらっしゃいました」「お家元です」「お家元が」上根岸の家の中で囁きが水輪のようにひろがり、やがて老いた先代の家元猿寿郎が晩年に子を得た喜びに浸って廊下を渡って寿々の居間に入って行ったときのことを。そして先代猿寿郎が亡くなるまで異父妹の千春は光栄ある家元の血筋としてもてはやされた。

千春の父が、亡き猿寿郎の父であり、生きていれば秋子の舅となった筈である。この不思議さえ、寿々の一世一代の智恵と押しが招いたものであった。寿々の二人の娘は、姉は今の家元夫人に、妹は先代家元の娘に納まったのである。秋子の夫が急死するまで、寿々は得意の絶頂にあった。

寿々の老い方は、この春から激しいので、秋子は軽井沢への同行をすすめたのだが、

「それじゃ家元の稽古場がガラガラになるじゃないか。私が留守をしなくて、誰に守れるというんだい」

と、頑として聞き入れなかった。やむなく秋子が途中で交替する約束で出てきたのである。寿々が家元というものに執着している有様は、他の誰にも劣らないものに思えた。

「ああ」

湯から上った秋子が庭に降りて散策していると、家の中から出てきた勤が見つけて声をかけた。いや、しばらく彼は驚いたように湯上りの匂うような秋子に見惚れていた。

「浴衣って、いいものですねえ。東京と違って、自然の多いここでは、殊更に感じるんだなあ」

彼は食事の用意が整ったことを告げるために秋子を探しに来たらしかった。

「ここへ着いたばかりの日に、千春から電話があったんですのよ。いえ、私が着くちょっと前だったんですけれど。何の用だったのですかしら」

勤は、意外だという顔をして秋子を見た。

「話さなかったのですか、千春と。変だなあ。千春は姉さんも話相手のほしいところだと歓迎しているから行ってらっしゃい、なんて調子のいいことを言っていましたがねえ」

「まあ、千春がそんなことを?」

なぜそんな嘘をつかなければならないのか秋子には理解できなかった。勤が気づかわしげに秋子を見守り、秋子は茫然としているとき、家の方から梅弥の弾んだ声がきこえてきた。

「奥さまア、早くいらして下さい。でないとお料理が冷めちまいますッ」

橋本雅竜翁からの連絡は翌日の午前中に秘書から電話があって、小金頼近が帰京していて明後日《あさって》の内に戻るということだから、明後日の夕食を用意しておくということであった。もちろん江戸盛造は夫妻で出席するという。橋本翁は夫人を亡くしてから長く、粋人であるのに側妾《そばめ》を嫌って、今は英国人のように男の使用人だけを使って老後をきままに送っていた。作家の小金は、年齢からいえば老人の部類に入るのだが、三人の中では一番若く、つい二年ほど前に何度目かの結婚をしたばかりであった。小金の方は夫妻で来るかどうか、秘書は何も言わなかったし、秋子も押して訊けることではなかったのだが気懸りだった。何故なら小金夫人の和重は、梶川流にとってはライバルに当る雲井流屈指の舞踊家だったからである。踊りばかりでなく何事にも積極的で、小金頼近との結婚も先妻を追い出して別れるまで無理押しで押しぬいたという噂がある。小金とは二十歳も違う筈で、秋子とは確か同年であった。

当日の夕刻まで秋子は何かと落着かなかった。崎山勤が、ずっと同じ屋根の下にいるのも原因の一つになっていた。もっとも、彼は朝早くから愛車を駆ってゴルフに出かけてしまい、二ラウンドして夕刻帰ってくるのが日課である。

「秋子さんもやりませんか。いい運動なんだがなあ」

「だって道具も何もないし、およそ私の柄ではないでしょう？　さまになりませんわ」

「最初は誰でも恰好がつきませんよ。でも、下手は下手なりに面白いのがゴルフなんですよ。思いっきりボールを叩いてグリーンを眺めるだけでも、胸がすっとしますよ。憂さばらしには一番なんだがな」

「別に晴らさなければならないほど鬱《ふさ》いでませんわ」

「そりゃそうかもしれないけど、家元の亡くなった後は、僕なんか見ていても面倒なことだらけじゃないですか。千春にも僕は言ったんですよ、何もかも忘れてゴルフをやってみろよって」

「千春はなんて言いました？」

「何もかも忘れるどころか、どれもこれもほっておけないんだと言ってましたがね」

崎山は屈託なく笑って、秋子を誘うのも諦めると一人で出かけて行く。

梅弥は食べることにかかりきって、満腹したら昼寝をしたり、たまに婦人雑誌の付録を参考に赤ン坊の靴下などを編んだりしていた。横から見るとかなり重そうな腹をしているのだが、当人は少しも苦にならないらしい。

物干し場のような粗い板を並べたバルコニーで椅子に並んで腰をかけ、秋子が新聞をひろげていると、

「あ」

編物をしていた梅弥が急に小さい悲鳴をあげて手を止めた。

「どうしたの」

「また動いたんです」

梅弥の顔が笑っている。幸福で輝いている。胎動の度に、母は驚き、感動し、喜びに浸るものなのであろうか。

「この頃は脚の力が強くなって、ぐいっと蹴り上げたりするんですよ。痛いし、びっくりしちゃって」

「脚だなんて、分るのかしら」

「分ります。足と手は、場所も場所だし、なんとなく分ります」

「そう」

経験のない秋子には梅弥の実感は伝わって来ない。その都度小さな口惜しさがこみ上げてくるけれど、それは石女《うまずめ》の嫉《そね》みであって、夫の愛した女に対する妬《ねた》みではなかった。

「お医者さまには診せなくていいの」

「もう臨月になるまでいいらしいですよ。出血でもすれば別だけど」

「大事にして下さいよ」

「大丈夫ですよ。案ずるより産むが易《やす》しって言うんですって」

梅弥は無邪気に声をあげて笑った。

「ねえ、梅弥ちゃん」

「はい」

「赤ちゃんは、私の養子にすることになっているけれど、あなたはそれでいいのね」

梅弥は、ちょっと遠いところへ視線を当てて黙って肯いた。

「でも、あなたが母親なんだから、いつでも家元に来てくれていいのよ」

「ええ、でも」

「でも?」

「お義母さんがなんて言うか分りませんから」

「米小村さんは初めから養子にとってほしいと言っているわ」

「ええ、それが子供のためだって。だから、私の子供だったら子供がややこしがって嫌がるかもしれないし、私、生れたら子供のことは忘れちゃいます」

稚いとばかり思っていた梅弥の顔に、このとき屹《きっ》と厳しい表情が走って、すぐ消えた。

「梅弥ちゃん」

「奥さまが戸籍の上でも実際にも子供の母親になって下さい。私は年をとってから名乗り出るなんてことしませんから」

「そんなことまで今きめておくことはないでしょう、梅弥ちゃん」

「ええ、でも覚悟は早い方がいいから。あと三月《みつき》しかないんですもの、そのくらいのことは決心しとかなきゃ」

無邪気な若い女、多少無軌道な芸者とばかり思っていたのに、妊った女にはこうした賢さも生れるのだろうか、と、秋子は粛然とした。あと三月というのは、梅弥の出産までの時間だが、それは同時に梶川流の後継問題も解決すべき期間である。

「米小村さんと相談して一番いいようにしますからね、あなたは何も心配したり迷ったりしないで、丈夫な赤ちゃんを産めばいいのよ」

「ええ、私が親として出来ることは、それだけですから」

決して恨みがましい態度でなく、むしろ淡々として梅弥は答えるのであった。

「あなた、後悔しているんじゃないの、梅弥ちゃん」

秋子は梅弥の本当の気持を知りたくて、思わず覗《のぞ》きこむようにして訊いた。

「いいえ。でも私は家元先生を少し恨んでいるんです」

「そう。そうでしょうね」

「子供が可哀《かわい》そうですもの。子供を作ったら親は長生きしなくっちゃいけないのに、もう居なくなってしまって、ひどいわ」

「あなただって生きていてほしかったでしょう？」

「そりゃそうですけど、子供に必要なほど私に家元が必要だかどうだか、分りません。お葬式の頃は一緒に死ねばよかったと思ってましたけど、おなかの子供が動き始めてからは生きていてよかったと思っています。それに先のことを考えたら家元先生の束の間《つかま》の浮気で、美津子さんや小紋さんのようになるのがオチでしょう？　家元が生きていたから私が幸せになれるってものじゃないですもの。却って、これからの方が私も身を入れていい芸者になれると思うんです」

「家元が生きてらしたら、子供は私にくれなかったでしょう？」

「奥さまが望まれたら、やっぱり同じにしたと思うわ。家元は、決してひきとらないと仰言ってましたけど」

「主人がそんなことを？」

「表向きの身持ちはすっきりしておきたいからって仰言ってました。だから他の子供も認知してないって」

「勝手なことを言って、あなた、よく我慢ができたのね」

「ときどき痴話喧嘩の種になりましたけど、私と先生じゃ勝負にならないし、私は芸者でしょう？　素人の美津子さんでも蔭《かげ》にいなきゃならないのだから、それに家元の奥さんみたいな大変な役を私がこなせるとは思わないから米小村のお義母さんに任せておけばいいと思ってました」

「米小村じゃ、こうなる前は、なんて言っていたの」

「間違いなく家元の子なのだから、一生の手当は貰《もら》えるようにしてあげるって。他の人たちも養育費は月々頂いていたんでしょう？　美津子さんは家も建ててもらったというし、小紋さんとこも、大阪へお稽古に出かける度に、お稽古料の中から置いていたんですって。お義母さんはそういうこと詳しくって、家元は気が多いけど後の面倒見がいいから安心だって言ってました。私も、お酌のときからお手当頂いていたんです。だから家元が亡くなられてからは、あの家にはちょっと居辛くって、早く芸者に出て稼がなくっちゃって、いつも思ってるんですよ」

暢気《のんき》そうに食べものにあけくれていても、芸者勤めの厳しさは梅弥の心身を締めつけている。秋子は初めて聞く事柄も多かったけれど、胸が一杯になって言葉もなかった。総てが猿寿郎の不倫から生れていて、花柳界というこれを許す世界で育てられている。こんな未成年の女にさえ、これだけの智恵が植えつけられているのはその証拠ではないのか。

「梅弥ちゃんは芸者をやめて私のところへ来る気はないの？」

「そんなこと米小村で許してくれません。借金は一杯あるし、養女になってから育ててもらった義理もあるでしょう？　私の親は内緒で私を売ったらしいんですよ。そんなことは法律で禁じられてるんだけど、でも親子の縁はお金で切ってあるから、私もそんな親に頼れるとは思ってないし、だから米小村のお義母さんに見捨てられるのが一番怖いんです。お義母さんは私も家元のところへ行くなんて考えてもいないでしょう？　私は齢からいって芸者としてはこれからが稼ぎどきなんだから、お義母さんも元をとってからでないと私を手放したりしませんよ。借金を奥さまに肩代りしてもらうんじゃ、また買われるのと同じで、私は嫌なんです。踊りも家元の家に入るほど上手じゃないし、子供の乳母やら下働きになるのは嫌だし。私って芸者に向いてるんです、きっと」

喋っているうちに、いつの間にか梅弥の表情は、いつもの気楽なものに戻っていた。芸者にむいている性《さが》だと言うときには気楽に唄でも歌うような調子だった。

藤色の紋紗に袖を通しながら、どんな時代が来ても芸者の世界のやりくり仕掛は同じなのだと秋子は考えに耽っていた。家元の家に牡蠣《かき》のようにしがみついて、娘二人とも数珠繋ぎにしてしまった寿々を幾度か恨んだことのある秋子だけれども、金の算段に娘を芸者に売った親に較べれば、まだ娘の先行に計算を立てたというだけ有りがたいものなのかもしれない、と思ったりした。未練たらしく家元のわずらわしさに出会うごとに寿々を恨んだのでは、若い梅弥の足許にも及ばない至らなさだ。姿見の中で、襦袢の衿《えり》を素人風に堅く合わせながら、私も今こそしっかりしなければいけないのだと秋子は思った。

藤色は美しくて秋子によく似合う色なのだけれども夏帯は合わせるのが難かしい。橋本雅竜や小金頼近のように眼の利く男たちに招待された宵は、衣装選びに神経がいる。あれかこれかと合わせてみて、ようやく色紙を織り散らした絽綴《ろつづれ》を選びあげると、秋子はほっとして帯を締めた。着物の紋紗は竹の模様なので、帯とで七夕《たなばた》が揃うのである。色はどちらも藤色なのがいっそ洒落れた組合わせになった。

何もかも揃って、呼んだ車が来てから足袋をはきかえるのも素人には真似のできないことだ。橋本雅竜に足の運びを褒められた後から、秋子は新しい誂《あつら》え足袋を、新しいまま水を通して締《し》めたものを選んではいた。蹠《あしのうら》に喰いつくような小気味のいいはき心地である。

玄関で、細い鼻緒の草履をはいているところへ、崎山勤が帰ってきた。肩にゴルフバッグを下げているのは、食後にクラブの手入れでもするつもりなのだろう。わずかの間に随分陽灼《ひや》けして、帽子をとると額の上部にくっきりと色白な部分が残っている。

「やあ、お出かけですか」

「ええ、ちょっとお食事のお誘いを受けたものですから」

誰と誰に会うのかということは梅弥たちにも洩らしていない。崎山が千春に内通したらコトだと思うからであった。

「そうですか、いっていらっしゃい。いや、今日はゴルフ場で珍しいひとに会いましたよ」

「誰方にですの？」

「寿太郎ですよ」

「なんですって！　まさか」

「でしょう？　僕も最初は眼を疑いましたよ。あの年寄が、赤いゴルフシャツを着て食堂に入ってきたときは、まさかと思いましたがね、江戸盛造と一緒でしたから間違いないでしょう」

「江戸先生と？」

「そうですよ。随分無理をしているなあ。千春がカアカアする筈だと思いました。みんな、やってますなあ」

屈託なく他人ごとのように笑っている崎山に、秋子は一矢報いたくなった。

「崎山さんも前には家元に千春をすると言って大層御熱心だったんじゃなかったかしら」

「いや、そう言われると面目ないけど、僕はもう興醒《きょうざ》めがしてしまったんですよ。まあ今の心境は秋子夫人と同じところじゃないかなあ」

秋子は黙って車に乗った。崎山勤の本心がどういうところにあるのかは秋子の当面の関心事ではない。また崎山がどう思っていようと、秋子は家元の後継者については、今夜の会合に賭けているものがあった。車は揺れていたが、秋子は身を固くして動かなかった。寿太郎が来ている。江戸盛造とゴルフをしている。まるで想像もできないことであったけれども、今の秋子にはそう聞けば聞いただけの闘志が湧くだけであった。

橋本翁から指定してきたのは赤坂飯店ではなくて楼外楼という、やはり中国料理店の東京から夏季出張している支店であった。入口の感じはごくよかったが、中は小部屋なしの丸テーブルが八組ほどで、小ぢんまりした造りだった。客はまだなく、一番奥のテーブルにカーテンの衝立《ついたて》で囲ってあるところが用意された場所であった。

時間より二十分早く来たので、ここもまだ誰も来ていない。それでいいのであった。秋子の立場で遅参は非礼というものであったし、招待者である橋本雅竜に対しても、秋子の為の晩餐《ばんさん》であれば先に来て迎え待つのが礼儀である。

とりあえずテーブルの椅子の一つをひいて腰をおろしたが、用意されてある箸の数を算えると秋子の分も混えて七客分ある。橋本雅竜、江戸盛造、江戸夫人、小金頼近、それに秋子で五人があのとき定った人数であるのに、二客多いのはどうしてだろう。小金夫人も参加するとして、あとの一人は誰だろうか。寿太郎だろうか、と思うと秋子は落着かなくなった。

こういう席で寿太郎と顔を合わせるのはいかにもまずかった。寿太郎もさぞ驚くだろうし……いや、彼は知らされて来るのに違いない。そうであれば彼はより傲然と構えて席に着くだろう。まさか黙殺はしないであろうけれども、秋子が話しづらくなることは明らかであった。江戸盛造が連れて来るのだろうか、それならば随分神経の太い話だ。政治家というのは、これだから嫌になってしまう。秋子はいらいらしていた。

定刻十分前に橋本雅竜と小金頼近夫妻が揃って現われた。どうやら小金が車で橋本邸をまわって来た様子だった。

「やあ、お待たせしたかな」

「いえ、唯今参りましたところでございます。今日は御厚意を有りがとう存じます」

秋子は小金夫妻にも挨拶をしなければならない。橋本翁はきちんと背広を着てネクタイを締めていたが、小金はいかにも自由業らしく茶色いズボンに黄と紺の横縞のシャツを着ていた。傍らの夫人はこれは平絽の訪問着姿で、白地に乱菊の総模様。夫婦で不揃いなことは甚だしかったが、雲井いとという舞踊家としては橋本雅竜や江戸盛造と同席するのに普段着ではすまされなかったのだろう。

小金頼近とはあっさり言葉を交わしたが、雲井いととは簡単にはいかなかった。

「まあ御機嫌よう。どう遊ばしていらっしゃいますの。突然のことでしたものねえ、主人とも、よくお噂しておりますんでございますのよ。いろいろ御心労がおありでいらっしゃいましょう。大変でございますわねえ。今日は橋本先生からお招き頂いて、奥さまにもお目にかかれるというので楽しみにして参りましたんですのよ。主人もお力になれることなら何でもと申しておりますわ。私も流派こそ違え同じ踊りの世界のことでございましょう？　他人ごととは思われませんのよ」

立板に水で淀みなく、秋子は口を挟む余裕もなかった。それにしても、寿太郎が同席しても、この調子でやられてはたまったものではない。どんなことが耳に入っているのかしれないけれども、先廻りしていろいろ言われては秋子には迷惑というものであった。やり手だという噂だけれども、のっけにこうぺらぺらやるところを見ると、どこが賢いのか秋子は判断に迷う。

江戸盛造は定刻を十分も過ぎてから夫人と打連れて現われた。ゴルフをやった後で湯を浴びていたのであろう。還暦を随分前に過ぎた筈であったが、赤銅色の顔には壮年の艶があって、身装《みなり》もまるで当節の若者のようなV型の縞入りシャツという派手さだった。夫人は芭蕉布《ばしょうふ》をさりげなく着ているが指のダイヤはかなりの大粒だった。

「やあ、お待たせして失敬」

「では始めますかな」

橋本翁は支配人を呼んで合図をして、ボーイが飲みものの好みを聞いてまわる。

秋子はそっと声を低くして訊いた。

「あの、もうお一方、どなたか……？」

「ああ、私の孫です。今日やってくると言って来たので御相伴《おしようばん》させようと思っているのだが。もう間もなく来るでしょう」

寿太郎が来るのではないかという杞憂《きゆう》を拭《ぬぐ》って、秋子も少量の紹興酒《シヤオシンチユウ》を飲むことにした。琥珀色《こはくいろ》の液体が皆の盃に注がれたところで、橋本翁が言った。

「本来ならば新家元のためにといって乾杯するところなのだが、残念だな、梶川流も」

「お恥ずかしいことでございますわ」

秋子は面伏せにして言った。

「いや、私も家元の葬儀委員長だ、友人総代だと名前を出された手前、困っとるんだ。橋本さんから今日のお話があったので、これはもう早いところ定めてもらおうと出て来たわけでな。奥さん、梶川流は先へ行くほど纏めにくくなりますぞ。どうしてあなた、鶴の一声できめてしまわんかったですか」

江戸盛造は暗に梶川流の誰彼が運動に来ることを匂わせながら口を切った。

「いや家元も急なことだったから、奥さんとしては咄嗟にどうもできんじゃったろう。まあ、ここで我々も力になれるものなら力になってあげようじゃないか」

橋本翁が穏やかに取りなす。

「いったい誰と誰が名乗りをあげてるんだい、え？　お月さん」

小金が、いきなり率直な質問を秋子に投げかけてきた。

「名乗りというのはございませんけれど、主人の子供だというのが東京と大阪に一人ずつ出てまいりまして」

「寿太郎と紋之助だろう？」

「はあ、その人たちが預かっているらしいんでございます」

「君は会ったこと無いのか」

「ございません」

「もう一人いるのだよ」

橋本翁が口を出した。

「下谷《したや》の若い妓のでしょう？」

「あれは下谷の芸者ですか」

「まだ生れてないってんじゃないのかい」

「さようでございます」

「すると三人か。なるほどややこしい」

江戸盛造がそう言ったとき、

「いや、もう一人いますよ、大物が」

と小金が反射的に応えた。

「…………」

「梶川千春。江戸さんが後援会長におなりになったそうじゃないですか」

「儂《わし》が？　あれは梶川流の後援会じゃないのか？」

江戸夫人が眉をひそめながら言った。

「ほら、やっぱりそうでございましょ？　私も、その点よろしいんですかって念を押して申しましたのに」

「これは失敗《しま》ったな。なにしろ内山が一緒に来て頼むものだから、てっきり家元の使いだと思ってしまった。あれは千春個人のものなのかね。へへえ」

こんなところで驚いても、どうなるものでもなかった。

「梶川千春は踊りは確かに上手だが、しかし家元になれる器ではなかろう」

と、橋本翁が口を出すと、

「そんなことを言えば梶川の落胤《おとしだね》などは、まだ器の形もしていませんよ。大体、新家元というのは、誰がなってもそぐわないもので、月日が経つとそれらしく見えてくるものなんです」

小金が言えば江戸盛造も肯いて、

「つまり、なりたての総理大臣のようなものだな」

と笑った。

料理は次々と運ばれ、秋子を除いて美食家の健啖《けんたん》家揃《か》いで、しばらく食べものの話に移って行った。秋子は茫然としながら、この人たちにとっては梶川流の後継問題も酒の肴《さかな》にすぎないのではないかと思った。

「江戸先生は、どうお考えです」

小金が、秋子の気持を察したのか、司会者のように振舞ってくれた。

「儂には誰がいいのか、さっぱり分らん。ただ、いろいろな梶川が物を持って会いに来るのは御免なんだ。奥さんの力で止めてもらえんものかな」

「誰々が伺っておりますのでしょうか」

「儂は一々覚えておらんが、家内が適当にやっておるから」

江戸夫人は政治家の妻としては、とても一筋縄でいく女ではないから、穏やかな口調で、

「でも皆さん、どなたも家元になりたいとは仰言らないんでございますよ。近くまで来たから御機嫌うかがいとか、お中元の御挨拶とか、私はあなた様からのお使いかと初めのうちは思っておりましたの」

と、皮肉の針も忘れていない。権力者のところに物を持って挨拶に来るのは当り前のことだと思っているからであろう。

「内山君が千春に馬鹿に熱心になっているんだが、お月さん、君は知ってるのかい」

小金が訊いた。その話は崎山から聞かされていた。ＮＴＯテレビの社長で、若手の財

界人として俊才を買われている。マスコミに顔の売れている男だった。

「何も存じませんの。千春は、あんな子で、私には昔から何も相談なしですから」

小金は意味あり気に夫人の雲井いとを振返ってから、

「内山君は強羅《ごうら》だったな」

と言った。

「ええ。私も今朝、強羅を出てこちらで主人と落合いましたものですから」

雲井いとは答えて、それから口をすぼめ、秋子にだけ聞えるように、

「御一緒でしたよ」

と囁くように言う。

「え？　千春が、ですか」

肯いて、雲井いとは、うっすらと笑った。

他の男たちの耳には入ったかどうか、少なくとも江戸夫人は察しがついたに違いない。

秋子はかっと耳の後ろに火がついたように熱くなった。

「しかし揉め方も踊りの世界は大時代で面白い。一段落ついたら、僕は小説にしてやろう、そう思ってるんですよ」

小金が朗らかに、しかし無責任きわまることを言った。

「女主人公《ヒロイン》は誰だね」

江戸盛造が面白そうに訊く。

「千春を、うんと悪女に仕立てて書きますよ。内山の奴、あわてるだろうな」

「家元の奥さまが御迷惑ですわ、ねえ？」

雲井いとが眉をひそめて社交辞令を言う。

「なアに、そのときはお月さんが儲《もう》け役だよ。いや、現実にも決して損な役廻りじゃない。いろんな奴が運動していても、誰も本気で相手をしていないのは、みんな梶川月の出ようを待っているからだ。出しゃばったことがない癖に、あなたもなかなかの貫禄だよ」

小金らしい持ってまわった褒め方に、橋本雅竜は我意を得たように肯いて言葉を足した。

「私も家元夫人に万事を任せるのが、やはり一番正しいやり方だと思うな。古いようでも家元は世襲制度で保たれるものなのだから、子供がいても家元が生前何を言ってもいないのなら表向きは黙殺して、家元夫人の指揮に従うのが、やはり本筋というものだ。それも他の女なら知らず、この奥さんなら大丈夫、と私は思う。ただ、これからは、もっと踊りの方で進出することだな」

「それは僕も讃成ですよ。これだけの名手を裏方にまわしていたのは惜しいと常日頃思っていたんだ。これからは誰憚《はばか》ることなく梶川月で押しまくるんだな」

「それなら儂も後援しよう」

小金について江戸盛造も調子のいいことを言った。千春の後援会長の方は、それならどうするつもりだろうかと思ったが、ここで訊き返せることではない。

「秋にでも、発表会を持ちたいと思ったりしておりますのですけれども、先生方と御相談の上と思いまして」

「それは、おやりなさい」

「やり給《たま》え。古典の大きなものと新作を一番ずつ出すといい。僕が新作は引受けよう」

「主人は、奥さまのファンなんですのよ、ずっと前から」

雲井いとが、どういう気でか、そんなことを言う。

「小金夫人と連舞《つれまい》で何かやったらいいな」

江戸盛造がその場の思いつきで言うと、

「私でよろしいのでしたら、喜んで、どんな端役でも踊らせて頂きますわ」

と、雲井いとは心にもなさそうなことを、さらさらと言って相槌を打つ。

「千春さんが、口惜しがって大変でしょうねえ」

江戸夫人が、口を出したところを見ると、千春自身の江戸家への運動も相当なものであったらしいことが分る。

小金夫人と江戸夫人は秋子の敵なのか味方なのか、さっぱり分らなかったけれども、橋本雅竜、小金頼近、江戸盛造の好意には疑う余地がなかった。

きちんと折目立った議事のすすめ方ではなかったけれども、梶川流の後継者は秋子の一存にまかせ、秋の発表会も秋子中心に大々的な準備をするという方針が、この会合の席上で打出されたのは確かなことだった。

「僕はときどき東京へ出るが、秋まで殆ど軽井沢暮しだから、来月でも訪ねてきたまえ。具体的な相談にのるよ」

と、小金は実行に移す段には何事も実際的だった。

橋本翁はそれが長寿の健康法なのか就寝時間が早く、誰も酒を過す者もないので散会は九時前であった。小金と江戸盛造がレストランの前で立話をしているとき、雲井いとがつと秋子の傍に立って言った。

「私どもの家元が大変心配しておりますんですよ。こちらからお訪ねするわけにもいかないけれど、おついでがあったら寄って頂くようにと私言われて参りましたの」

「お家元も軽井沢でいらっしゃいますの」

「いいえ、強羅でございます。私、そちらから今朝――」

強羅には千春がいる、と思いつくと秋子は言葉を失った。雲井流の家元夫婦にも子供がないのは知っていたから、雲井いとの話を嘘とは思わなかったけれども、後味の悪い囁きであった。

帰ると、崎山はポータブル・テレビの前でゴルフ・クラブの手入れをしていた。梅弥は湯を使っているらしい。

「崎山さん」

「ああ、お帰りなさい」

秋子は崎山の斜め前の肘掛椅子《ひじかけいす》に腰を下ろした。

「崎山さんは、千春が今どこにいるか御存知ですの？」

「今日あたりは強羅の筈ですよ」

「………」

「内山さんの、例のNTOテレビのね、あの社長の姪《めい》だの娘だのに稽古を頼まれたらしいんです。三週間ぶっ通しの稽古で、秋の会には全員初舞台を踏ませるんだって張り切ってましたよ」

「秋の会に千春は何を出すつもりなのかしらね」

「新作らしいですよ」

「まあ」

「作曲が今月中に上るんだそうです。振付けも涼しいところで案を練るんだって、ともかく当るべからざる勢いですよ」

「崎山さんは平気なんですか」

「え、なにが？」

「いえね、まさかとは思うんですけれど、千春と内山さんとの間に変な噂が立っているらしいから私は心配してるんだけど」

「強羅には内山さんの奥さんも一緒ですよ」

「そう。そりゃそうでしょうね」

「それに千春は梶川流の方が大事で、そんなことどころじゃないと思いますがね。彼女は秋に賭けてますよ。お義母さんも……」

「母も、なんですの？」

「いや、お義母さんも叱咤激励《しったげきれい》してくれていますしね。僕は千春が誰と親しくしていても今の時点では心配にはなりませんよ」

「理解のある旦那さまを持って幸せね、千春も」

崎山が、むっとして訊き返した。

「秋子さん、それは皮肉ですか」

「あら、いいえ。どうしてですの？　私は自由に仕事に熱中できる千春が羨《うらや》ましいと思ったのですわ」

「秋子さんこそ、誰に遠慮なく踊り一途で行ける境涯じゃないですか。みんな秋の大会に梶川月が何を出すか、固唾《かたず》を呑んで見守っているようですよ」

「千春も、さぞ気にしているのでしょうね。崎山さんは、さしずめ私をスパイするためにいらしてるんじゃありません？」

「人が悪いなあ、秋子さんも。僕たちの間には、せめてそういう話はなしにしましょうよ。僕は踊りのことは分らないんです。門外漢というのは僕のための言葉ですよ」

その夜秋子の閉じた瞼にはさまざまの映像が去来して、いつまでも眠れなかった。小金頼近による新作一番。そして梶川流の古典一番。秋の舞台がすぐ眼の前で幕が開く。

しかし、まだ演目は一つも定っていなかった。

古典の相談相手になるべき寿々は、崎山の口裏ではどうやら千春と何かの魂胆を持っているらしい。一緒に軽井沢に来なかったのには、それだけの理由があったのだろう。他人ばかりか母も妹も今は少しも気を許すことのできない敵であった。

崎山も眠れないのか、彼の寝室の戸が開いて、庭へ出る跫音《あしおと》が聞えた。山の夜の月が明るく、秋子はいよいよ眠れなかった。


どんなことで気が乗ったのか、小金頼近の舞踊劇の台本は秋子たちが軽井沢を引揚げる前に脱稿していた。電話で連絡があったときは、秋子も耳を疑ったのだけれども、すぐ飛び出して受取りに行くと彼は上機嫌で、山小屋のような造りの別荘のロビーで秋子を待ち受けていた。東京はまだ残暑が猛っているということだったが、軽井沢はもう寒いほどで、小金は夏のシャツの上に黄色い極太毛糸のカーディガンを着ていた。

「やあ、出来たのでね、早く渡したかったのさ」

「有りがとうございます。こんなにお早く、なんとお礼申上げていいか分りません」

「なに、芝居と違ってね、かかってしまえばわけないんだ。もっとも」

小金は、それが直接言いたくて秋子を呼びつけたのであろう、真面目な表情になって、

「近頃の舞踊劇は、むやみとケバケバしいのが流行で、ああいう見てくれの白痴《こけ》おどかしは線香花火みたように、会が終ればそれきりのものだ。だから、僕は舞踊劇より舞踊台本のつもりで書いたんだ。スペクタクルはないし、地味だが、君に踊りこんでもらいたい。じっくり読んでくれよ。分らないところは、いくらでも質問に応じるつもりだ」

「畏《おそ》れ入ります」

内容が分らないうちのことで、秋子はひたすら恐縮して台本を押しいただいて帰ってきたのであったが、自分の家に戻ってから目を通してみると、題は「月光」とあって、わざわざ梶川月のために、と傍題をつけてある。小金頼近の並ならない心入れが感じられた。橋本雅竜の威光もあることであろう。秋子は改めて、あの老人に感謝の念を覚え、また同時に、小金夫人の雲井いとが不在のときに原稿をもらえたので幸運と思った。

「舞台は簡素に。できれば屏風《びょうぶ》二双のみ背景とされたし。作曲に、笛あること」

作者の指定にも、何か構え方の荘重さが感じられ、秋子はこれだけですぐに地唄舞《じうたまい》の舞台を想像した。作曲については、義太夫節がいいと思うがと小金は言っていたから、地唄の三味線と近い太棹《ふとざお》の、深く重く鈍く強い音色が、もう聞えてくる。

それは、かなり抽象的な舞踊台本といってよかった。酒屋のお園を連想するような空閨の妻が、不自然な愛の形に悩みながら、ある宵から深更まで、寝てみたり、起きてみたり、戸外に出て虫の音に耳をすましたり、秋の暴れ蚊に刺されたりしながら、やがて強い月光を浴びて凄惨《せいさん》に男への呪《のろ》いを呟《つぶや》くようになり、一転して月光を見上げ、受身の存在に気がついて茫然、次第に悟りをひらいていくという、歌詞に含蓄の多いものであった。

読み終った夜は一睡も出来ず、秋子は舞の中の妻のように、広い庭に出て樹木の間を逍遥《しょうよう》し、虫の音をきき、怕《こわ》いほど白く光る月を仰ぎ見て立ち尽した。

こういうものを秋子に与えた小金の作家的洞察を怖ろしいものにも思い、秋子でなければ踊りこなせまいと見込まれたのだと息詰るほど嬉しかった。空が白々と明けてくるまで、秋子は歩きまわった。露を掻きわけて歩いたので、浴衣の裾《すそ》がぐっしょりと濡れて重くなっている。小金の台本の中に「草の葉にある仇《あだ》し露《つゆ》」というのは、このことかと気がつき、踊りの振りの中には濡れた裾を持て余すところを入れようと思った。

新しいものを作るという喜びは、こんなにも激しいものであったかと、秋子は今更のように気がつき、亡き夫が新作や新振付けに明け暮れていたのが今になってようやく理解できたのだと思った。猿寿郎が生きていたとき、秋子にこの喜びが理解できていたら、あるいはもっと語りあうことの多い夫婦らしい暮しができていたのではないだろうか。新作へ寄せて盛上ってくる興奮の間隙に、こうした悔みがチラチラと舌を見せ、秋子は夜が明けてから枕《まくら》に頭をつけたが、眠れなかった。叫び出したいような強烈な生命の感激があって、これからはもう決して眠れないのではあるまいかと思われた。

軽井沢を引揚げるとき、崎山勤が手伝いに来て秋子を驚かせたが、「月光」に心が奪われて以来というもの別人のようになってしまった秋子は、妹の夫の親切をもはや思いわずらうことはなかった。

「御苦労さまですわね。すみません」

「梅弥ちゃんのこともあるし、僕の車で帰った方が安心だと思ったものでね」

「ええ、そりゃもう、あのおなかでしょ？　崎山さんの安全運転なら気をつかわないですみますもの」

崎山は内弟子たちを手伝って、持って帰るものの荷造りなどに大活躍をした上、梅弥のための間食なども忘れていなかったから、女たちの評判は素晴らしくよかった。

「千春先生は幸せですね。こんなに気のつく旦那さまを持って」

梅弥が、彼女に似合わないしみじみとした口調で言ったのは、もはや子供の父親はいないのだという実感に、心が迫ったからでもあっただろうか。

「アメリカ式ではこんなのが当り前と思っているから、千春は一向に感じてないよ。第一近頃は顔も合わせたことがないくらいでね。新作に夢中になってますよ」

崎山はあいまいな微笑を浮べて、梅弥にとなく秋子にとなく、こんなことを呟く。

「新作ですって？」

秋子は聞き咎めた。

「ええ、新作。秋の大会に出すらしいですよ。出演交渉や何かで飛び歩いてますよ」

「誰の台本ですの？　作曲は？　どういうものですの？　出演交渉って、誰に頼んでますの？」

秋子の矢継ぎ早やな質問に驚いて崎山が目を瞬いた。

「台本は、ええと矢住秀人ですよ。作曲は大和楽でやるんだって言ってます。共演に各派家元をずらりと並べるんだって、そんなことが千春にできるんですかねえ」

なんという派手な道具立てだろうかと、秋子は息を呑んだ。それは確かに千春の思いつきそうなことであったが、一流好みは母親の寿々の智恵とも思われ、秋子はいつか唇を屹《きっ》と嚙んで考えこんだ。妹は、やる気なのだ。母親も、それに加担している。この姉の、家元夫人に、なんの相談もなく——。

帰りの車では運転台のすぐ後ろに梅弥を坐らせ、秋子は崎山に誘われるままに彼の隣のシートに腰をおろした。しかし、東京へ帰り着くまで秋子は崎山が何を話しかけてきても空返事で、ずっと考え続けていた。

千春の絢爛《けんらん》たる舞台と、屛風二双だけの簡素な秋子の一人舞と、どちらが会の観衆に強い印象を灼きつけることができるだろうか。各派家元を全部相手役にしてしまおうという千春の考えには、誰もがたじろぐような気魄《きはく》が感じられた。秋子はその中の誰にも拮抗《きっこう》できるという自信を持っていない。秋子だけでなく、梶川流の誰にもそんな大それた自信を持つ者はあるまいと思われた。

作曲も、秋子は小金から原稿を渡されると、すぐそれを筆記し直して、大阪まで飛び、文楽界の長老であるひとに作曲を依頼してきた。彼の作曲が大和楽に劣ることはまず考えられないが、二つの音楽の違いは舞台効果にも現われると思わなければならなかった。

秋子は、そう考え較べながら、心に痛く千春の挑戦を感じていた。家元夫人である秋子には、まず何を企画し何を踊るにしても、経済的な困難は今のところ起らなかった。猿寿郎の残した遺産は、相続税を納めてもなお秋子一人が生きるにはあり余るほどあったし、家元の座は空席のままでも、まだ地方の弟子たちからの月謝や名取料は前ほどでなくても送られて来ている。それにひきかえて、千春の方はといえば自分の弟子からの収入が月々の維持費にやっとというくらいではないだろうか。暮し向きは崎山の収入で賄われているとしても、舞踊家の派手な店構えには普通の月給ではとてもやりくりのつく筈もない。そこで各派家元を集めるには、相当な無理算段をしなければならない筈であった。NTOテレビの社長との噂も、そういうところからも肯けないことはない。

千春がそれだけのことをやるからには、敵視しているのは梶川流全体で、秋子などはものの数ではないのかもしれなかった。それを思うと秋子は一層口惜しかった。物心ついてから、家元の血の流れている妹と、踊り下手の秋子は長い間いつも水をあけられて生きてきていた。千春がアメリカにいっていた間、秋子には奇跡が起って、俄かに踊りの魂が吹き込まれたように、橋本雅竜でさえ惹きつけるほどの舞手になっていたのに、それでようやく妹と連舞することも出来ると喜んでいたのが、妹の方では姉の心も思い及ばずただもう自分が家元になることだけを念じている。浅ましくもあり、嘆かわしく、そして秋子は口惜しさを持て余していた。自分が秋に踊るときの目標は、寿太郎でも紋之助でもなくて、千春ただ一人なのだとさえ思えてくる。「月光」を与えられて、夫の生前の生甲斐に触れることができ、夫の残した不行跡の後始末を恨むことが薄れてきている今では、秋子の敵は千春ただひとりであった。橋本雅竜、小金頼近、江戸盛造の後援を得た秋子には、夫の子供などはもはや物の数ではない。それは梅弥が子を産みさえすれば容易に解決のつくことである。

千春！　あなたは何をしようというのよ。母さん！　まだあなたは千春だけの母親なんですか？ 幼い頃からの鬱積《うっせき》が、今になっても振切れていないのに、秋子自身が驚くほど、彼女の怒りは激しかった。

その怒りが大会のための総ての準備にふり注がれた――といっていい。東京に帰ってから、秋子の稽古ぶりは内弟子たちも息を呑んで見守るほど凄《すさ》まじいものになった。一刻もじっとしてはいられないという気持が、秋子に暇さえあれば扇を持たせ、稽古場の舞台に立たせるのであった。

家元の稽古場は夏休みを終って、家元争いのあるのも知らぬげに若い娘たちが再び集まり、中には入門早々の新しい顔が混っている。猿寿郎が生きていた頃と同じように、寿々がそういう人たちにいきなり厳しい稽古をつけている。誰が次の家元になるにしても、寿々の立場では弟子を減らすわけにはいかないのであった。

夏の間、一度も避暑に出ずに東京で頑張っていたので、寿々は一層痩せて、顔にも首にも指先にも一切の贅肉は殺《そ》ぎ落されていた。額の両側から頤の先までまっ直ぐに縦皺が寄っている。若い頃の江戸前の美貌が、口をひらくとそのまま般若《はんにゃ》の面そっくりになった。大きい眼が、吊り上って、

「なんだよッ。梶川流の家元ではね、そんな行儀の悪い足は許さないんだよ。何度言ったら分るんだい。いいかい、股の根から親指の先まで一本絹糸がピッと通っていなくっちゃ、男姿になっても美しくないんだから。さ、二度はやらないよッ。よく見ておき

ッ」

いらいらしながら舞台に立って、やってみせる。

雨の五郎が傘をひらいて大きくきまったところは、さすがに梶川寿々で、齢はとっても、先代家元に鍛えられた踊りの躰は矍鑠《かくしやく》たるものであった。稽古着の裾がパッと割れて、細い細い足首が足袋と裾の間に痛々しく見えても、そこには寿々の言葉通り一本の絹糸がピッと通っているのか、親指の先が操られたように上って、絵のように荒事の姿がきまる。叱られた娘たちも、その見事さに気圧されて、不満顔もなく、寿々の毒舌を残暑の中の清涼剤のようにしているのだった。

暇があると、秋子は寿々の稽古にも出て、若い娘に混って寿々の指導に従って踊った。

「どうしたんだよ、お前さんは。何をノコノコやっているのサ」

寿々は驚いて訊いたが、秋子はさりげなく、

「母さんの稽古は懐かしいから。邪魔にならないようにしていますから、お願いします」

と、叮嚀に頼んだ。

「お前のように大きいのがそこにいたら、邪魔にならないわけがないけどサ、ま、いいやね」

寿々は上機嫌で、猿寿郎の死後、急に流派の中で軽んじられてきているのを、こうし

て家元夫人である娘に鄭重《ていちょう》に扱われるので慰撫《いぶ》されたと思っている。千春が梶川流の若手では一番の舞手と思い込んでいるように、寿々もまた梶川流長老組では一番の舞手だと信じて疑っていなかった。それだけに実の娘から師匠としての礼儀を示されると、こんな折柄一層の満足があった。

「ねえ、秋子」

稽古のあと、もう秋風が肌には涼しすぎるので、寿々は浴衣の上に半纏《はんてん》を着て寛いでいたが、自分の方から話しかけてきた。

「秋の会の腹案はきまったのかい？」

「ぼちぼち考えているんですけどねえ」

「私は久しぶりに出てみようかと思っているんだよ。千春と二人でね」

「…………」

「賤機《しずはた》はどうだろうね」

「母さんの狂女ですか」

「そう、千春に船長《ふなおさ》を付き合わせるのさ。あの子も孤立無援みたいなものだから、私がかばってやらなきゃ可哀そうだよ」

もう一人の娘である私はかばう気がないのですか。孤立無援は私だってそうじゃないかと、喉まで来た言葉を嚥《の》み下して、秋子は答えた。

「いいでしょう。千春もきっと大喜びをするでしょうよ」

皮肉な響までは押えようがなかった。千春がこの母親の申出を喜ぶとは考えられなかったからである。寿々は今では梶川流の嫌われ者だ。秋子も千春も寿々の娘でなければ今よりもっと立場が楽な筈なのである。その寿々をシテの狂女にして、ワキの船長にまわる光栄を、千春が嬉々として受持つとは思えなかった。

案の定、寿々からそれを言われた千春は血相変えて乗込んできた。夏に入る前から、一度も秋子の前に現われたことのない妹は、その無沙汰を詫びもせずに、いきなり仇敵に向うような態度と言葉で姉に詰寄った。

「姉ちゃん、あなた何を考えて私に賤機やらせたいの？　しかも船長なんかを！」

「あら、それは母さんの考えでしょ。私はただ相談を受けただけだわ」

「母さんは、姉さんが是非にと言って、母さんも一番出すことにしたんだと言ったわ」

「それは嘘だわね。母さんの方で私も踊りたい、賤機を千春とやろうと思うけどって言い出したのよ」

「じゃ、どうして止めてくれなかったの？」

「え？　私が止めて止まる母さんじゃなし、あなたも喜んで引受けるんじゃないかと思っていたわ」

秋子も嘘をついている。

「私が喜ぶ筈はないじゃないの！」

「なあぜ？」

「姉ちゃんは分っていて、そんな意地の悪い顔ができるのね。怖ろしい人だとは前から分っていたけど」

「私が怖ろしいって？」

「ええええ怖ろしいわ。梶川流大会では私たちは二番ずつ踊りを出せるのよ。そうなれば誰だって新作と古典を一つずつと考えるでしょう？　母さんのワキに出たら、私はそれで古典の分を一つ振ってしまうことになるんだわ。ひどいじゃないの！　姉ちゃんだって小金先生の新作が一番と古典一つと計画しているのに」

「どうして知ってるの？」

「誰だって知ってるわよ。小金頼近に書かせたなんて、見かけによらず凄腕だって評判になってるわ。小金さんの奥さんは今からいろんなこと言われてノイローゼですってよ」

「誰がそんなことを！」

「私、家元から聞いたのよ」

「家元って、誰なの？」

「あら、雲井仙鶴にきまってるじゃないの。小金さんというのは性悪だから、何かなくって書くわけがないって」

「家元が仰言ったの？」

「誰でも言ってるわよ、そのくらい」

嘯《うそぶ》く千春の横顔を撲りつけたい衝動を押えるために、秋子は全身をわなわなと震わせていた。なんということを！　千春は、その賤《いや》しい噂を拭うどころか、自分の手で姉を更に汚してしまう気でいるのだ。

「あんたじゃあるまいし、誰がそんなことを！」

秋子は吐き捨てるように言った。

「なんなの、姉ちゃん」

千春も、さっと色を変えた。

「強羅であなたが何をしていたか、私が知らないと思っているの？　私の評判より、あなたは自分の評判の方を気にかけていた方がいいと思うわ」

「強羅は雲井流の家元の別荘があるところよ。それとＮＴＯの内山さんの別荘とね」

「その内山さんと、あなたはどうなっているんですよ」

「私の後援者の一人だわ。言ってみれば後援会長よ」

「あら、江戸先生に後援会長になって下さいって頼みに行ったんじゃなかったの」

「姉ちゃんじゃあるまいし、私がそんなことをするもんですか。あれは内山さんが好意でしてくれたことだわ」

「私が何をしたって言うの？」

「姉ちゃんが、大物喰いだとは知らなかったわよ。橋本雅竜、江戸盛造、小金頼近と三人集めたなんて、私たちには真似ができないわね」

雲井いとだ、と秋子は気づいた。小金夫人が雲井流の家元に告げた経緯が、そのまま千春の耳に入っている。姉と妹が、他人たちの興味本位の蜘蛛《くも》の糸にからまれて争わなければならないのか！

「もっとも姉ちゃんは小物もつまむのよね。私だけが知ってることだけど」

千春は、薄嗤いをしながら言葉を継《つ》いだ。普段は丸顔で愛嬌《あいきょう》のある顔立ちが、そうしたはずみには驚くほど寿々と似た表情になった。眼にある底意地の悪さが同じ輝きを持つのであった。

「なんのことよ、それ」

「私は姉妹だと思うから、私だけの胸に畳んで黙っているんだわ」

「仰言いよ、なんなの？」

「私に強羅で何をしていたかって訊く前に、姉ちゃんは軽井沢で何をしていたのか、少しは反省してみるといいわ」

「私には反省することは何もないわよ。梅弥の避暑について行っていただけよ」

「じゃ、そういうことにしておきましょう。姉妹喧嘩はみっともないものね」

千春は、ぱっと体をかわしたように、それまであった闘志も憎悪も表情から拭い去って、姿勢を崩した。秋子は拍子抜けして、はぐらかされたような不愉快を覚えた。

「何を言ってるのか分らないけど、姉妹喧嘩は私も嫌だわ。梶川流がこんなときに、あなたと私が争っていては、本当にみっともないのよ。そのことで、あなたとはトコトン話しあいたいと思っていたの」

「うん」

千春は何を考えているのか、秋子の話しかけには生返事で、うかない顔つきで肯くだけである。

「あなたは誤解しているようだけど、私が橋本雅竜先生にお会いしたのは、もともと梶川流とは御縁の深い方で、ずっと御無沙汰続きだったから、ついでといってはなんだけど御挨拶に出ただけなのよ」

「そうォ」

「そりゃ思いがけないほどの御好意は頂いたわ。一緒に食事をと仰言って、それで出向いたら江戸先生と小金先生もいらしたという訳だったのよ」

秋子の説明には少しずつ嘘が混っていたけれども、秋子はそれが悪いことだとは思っていない。

「それというのも寿太郎や紋之助たちが、それは勝手なことをしていてネ、秋には子供たちが家元を継ぐのだというような挨拶をしているから、先生方も見かねて私がどうするつもりなのか訊きたいと仰言るの」

「それで」

「私は梅弥の子供を養子にするつもりだと言ったわ。前から言ってる通りよ」

「…………」

「先生方も、それが一番穏当な解決法だろうと仰言っていたわ」

ふいに千春が顔をあげて秋子を見詰め、それから視線を外らせて、突然こう言った。

「私、崎山と別れたいのよ、姉ちゃん」

「え、なんですって？」

「崎山と離婚しようと思っているの」

「…………」

秋子は驚いて、何か思い詰めているような、それでいてどこかに投げやりな調子のある千春の横顔をまじまじと見守った。

「千春ちゃん、ちょっと変だとは思っていたんだけど、あなたたち一体どうなっているのよ」

「別れるわ。私はそのつもり」

「崎山さんはどうなっているの」

「何も言ってないけど、あのひとだって別れたいでしょ。そうに決っているわ」

「話しあっているの？」

「ううん。顔も見たことないわよ、ずっと」

「乱暴な話ねえ。あんないい人と、どうしてそんなことになるのかしら。あなたには、まるで献身的じゃないの。あなたの才能を生かすために家元にもしたいような意気込みだったじゃないの」

「今じゃ、そんなこと考えてもいないと思うわ」

「どうしたの？　だって、あれから一年とたっていないのよ」

あれから、というのは、家元継承問題で梶川流の主だった人々が集まった席上、崎山勤がスターリン亡き後のソ連政権の例をとってスター主義をとるべきだと主張したことを指している。名前こそ出さなかったけれども、崎山が妻の千春を推していることは明白だった。そのために流儀の人々が一斉に鼻白んでしまったのを、秋子は昨日の出来事のように思い出すことができる。

「どこらへんから気が変ったのかは、私も大方見当はついてるけど今は言わないでおくわ。ともかく、あのひとは私に協力する気は指先ほどもないし、もともとベティは嫌いで、ちっとも可愛いがってくれなかったし、まあ初めから、私なんか愛してもいなかったんでしょうよ」

「何を馬鹿なこと言ってるの、千春ちゃん。崎山さんは、そりゃあなたのこと信用していて、あなたが奥さんらしいこと何もしていないのに不満がましいことは一度だって言っていないわよ。あんないい旦那さまを持って、そんなこと言ってたら罰が当るわよ」

「姉ちゃんには何も分っていないのよ。ううん、分っている癖に、どうして、そんなことを言うの？　私が何も知らないとでも思っているの？」

千春が、最初と同じように憎悪の鎌首《かまくび》をもたげて、向き直ってきた。声が高くなり、取乱しかかっているのが分る。

「なんのことよ」

「しらばっくれて！　姉ちゃんがこんな悪人だとは思わなかったわ。いくら知らぬ顔をきめこんでいても、姉ちゃんが軽井沢で崎山と暮していたことが隠し了《おお》せると思わない方がいいわよ。崎山も言っているし、梅弥たちだって証言する筈だわ！」

「何を言ってるの、千春ちゃん。崎山さんを軽井沢に来させたのは、あなたじゃないの。私は正直言って、崎山さんが来るのは迷惑だったわ。だけどあなたが家を空けて、なんだか知らないけど飛び廻っているので、崎山さんが淋しがっていると思えば、姉としてほってもおけないと思って我慢していたのよ」

「まあ、我慢して相手をしたっていうのかしら。合意の上じゃなかったの。それじゃまるで崎山が姉ちゃんを強姦したみたいだわね」

早口でまくしたてる千春の口許を凝然と見詰めたまま、秋子は落雷を全身に感じて茫然としていた。強姦。なんという想像だろう。姉と妹の争いが、ここまで浅ましいものに堕ちていようとは秋子は思いもよらなかった。

「千春ちゃん、恥を知りなさい！」

「恥ですって？　妹の夫を寝取っておいて、姉ちゃんの方は恥を知ってるって言うの？」

「やめなさいッ、千春。想像されるだけでもこんなに腹の立つ私ですよ。そんな事は命にかけて言うわ。私と崎山さんの間には何もありません。信じて頂だい。私がどうしてそんなことをするのよ」

「姉ちゃんの初恋が崎山だったわ。立派な理由があるじゃないの。それで人気の少ない軽井沢の家に、一ツ屋根の下で一泊二泊できかないくらい一緒に暮していたら、誰が考えたって何もなかったとは思えないじゃありませんか」

「千春ちゃん、後生だから私をそんな醜い女だとは思わないでよ。崎山さんが千春の夫だと思う以外に、私は何一つ別の関心を払ったことはないのよ」

「そうね。千春が何もしないから気の毒だ、可哀そうだと姉ちゃんは言い続けだったらしいのね。崎山がそう言ってたわ」

「千春ちゃん！　崎山さんだって、あなたの醜い想像には憤慨した筈だわ」

「そりゃ、関係はしていないと否定していますよ」

「そらごらんなさい」

「だって否定しなかったら離婚の慰藉料《いしゃりょう》は莫大になっちゃうもの、当然だわ。あのひとはアメリカ式のところがあるから、そういうことはがっちりしているのよ」

手がつけられない、と秋子は思った。嫉妬に狂う女は、踊りの主題にもなっていることだけれども、理性を失ってしまうものらしい。今この妹と何を言い争っても、醜い罵《ば》声《せい》をまともに浴びて傷つくのは秋子ばかりだと思われた。

梅弥でも内弟子たちでも、怪しげなそぶりが秋子にあったかなかったか容易に証言できる筈であった。秋子は、千春の気持が鎮まるまでは姉として言いたいことの一々は押え込んで我慢している他はないと思っていた。

黙りこんでしまった秋子の前で、千春も長い間沈黙していた。その虚脱したような白い顔の中で、眼だけが吊り上ったままでいるのを見て、秋子は、狐《きつね》憑きというのは、こういう顔をしているのではないかと思う。千春には、明らかに憑きものがあるようであった。「月光」の中で、私もこの表情を使ってみよう、と舞踊家の梶川月は考えていた。

「姉ちゃん」

随分しばらくしてから、千春は静かな声で話しかけてきたが、狐憑きの表情は消えていなかったので秋子は用心を崩さなかった。

「なんですか」

「ついかっとなってしまって、ご免なさい」

「いいのよ。そういう疑いは理屈を越えた苦しいものなんだから、女なら取乱すのも無理はないわ。でもね、千春ちゃん、姉妹の間であんまり浅ましいわ。私だけは信用して頂だい」

「ええ。私も姉ちゃんから手出しをしたなんて思っていないの。でも、崎山が姉ちゃんを好きなのは本当なの。崎山もそれは認めているわ。昔っから私より姉ちゃんが好きで、私の方だって崎山が好きで結婚したわけじゃないんだし、いわば外国でお互いに目を瞑《つぶ》ってすがりついた同士なんだから、日本に帰ったら別れるのが本当だったのよ」

「…………」

「でも日本に帰ったら、私は崎山を姉ちゃんに奪られたくなくなったし、崎山も姉ちゃんには兄さんがいるから、私と別れて独りになるのが怖かったのよね。だから……」

冷静に、冷静にと自分に言いきかせながら、千春は今日来るまでに考えに考え、練りあげてきた意見を慎重に口にしていた。

「私はもういいのよ、姉ちゃん。その方が私たちのためにもいいんだし、姉ちゃんのためにもなることなんだから、別れるわ。姉ちゃんは遠慮してくれなくていいのよ」

「何を言っているの。どうして千春ちゃんの離婚が、私のためになるんですよ」

「姉ちゃんが崎山と一緒になればいいのよ」

反射的に秋子は叫んでいた。

「冗談じゃないわよ」

心底から呆《あき》れていた。

「はっきり言っておくけれども千春ちゃん、私は崎山さんを愛してもいないし、まして結婚なんて考えたこともないわ。そりゃ二十何年前に、ちょっと仲の良いときがあったのは本当ね。私も否定はしない。だけど、あんなものをその後何十年も温めているほど私はロマンチックでもないし、人が好くもないのよ。それに千春ちゃんはそう言っても、崎山さんの方に離婚の意志があるとは私は思わないんですよ」

「でも私は別れたいのよ」

「別れてどんな得があるって言うの」

「得ばっかりだわ。姉ちゃん、私は姉ちゃんが羨ましくってしようがない。女って、何かやるんだったら独身じゃなくっちゃ駄目ねエ！」

感にたえたように千春が述懐するのに、秋子は意地の悪い質問の矢を放った。

「ＮＴＯの内山さんのことを言ってるの？」

「まあね、それもそうだわね。人の女房には男はどんな物好きでもトコトンまで後援はしてくれないもの」

　この不用意な千春の返答に、秋子は容赦なく鉄槌を打下した。

「人の妾になるために、あなたは離婚をしようって言うんですか！　そんなことまでして家元になりたいの？　みっともない！」

「姉ちゃん」

　千春も屹《きっ》として面を上げた。忽ちその丸顔は朱を注いで激してきた。

「じゃ、姉ちゃんは家元になりたがっていないって言うの？　夫に裏切られて、あっちこっちに子供を作っていられても、我慢してこの家にしがみついているのは姉ちゃんに野心があるからじゃなかったの？　何が生れてくるか分らないのに、親切ごかしに妊《はら》み女をかばってやって、それが家元に執着している姉ちゃんの本心とは関係がないって言うの？　秋の大会の評判に賭けて自分で家元に直ろうという気が、姉ちゃんには絶対に無いなんて言えるの？　え？　姉ちゃん！　崎山と結婚なんかしたら、梶川流にはいられないから、内緒ごとにして塗りこめておきたいのね。姉ちゃん、卑怯《ひきよう》よ！」

「なんてことを言うの！　卑怯なのは千春ちゃん、あなたじゃありませんか。崎山さんを軽井沢に来させたのは、あなたの差金で、だからつまりそういうのは、あなたの筋書きだったわけね。ああ怖ろしい、そんなことまでして、家元になりたがるなんて！」

「怖ろしいのは姉ちゃんですよ。兄さんが死んでから、姉ちゃんのやっていることは全部、私を家元にするまいという策略じゃないの。母さんだって言っていたわ、あの子には血も涙もないんだって」

「それは母さんと千春のことだわ！」

叫んで、急に秋子は胸が冷えた。なんということを罵りあっているのだろう。この浅ましさは！


こがれこがれていざ言問はん、我が思ひ子の有りや無しやと狂乱の、正体なきこそあやなけれ……。

ああ気違ひとは曲もなや。

物に狂ふは我ばかりかは、鐘に桜の物狂ひ、嵐に波の物ぐるひ、菜種に蝶の物ぐるひ、三つの模様を縫ひにして、いとし我子に着せばやな……。


レコードの長唄をテープに移したものを、掛けっぱなしにして寿々が一人で稽古をしている。秋の会のための「八重霞《やえがすみ》賎機帯《しずはたおび》」であった。

相手の船長《ふなおさ》を踊る千春が今日も来ていない。寿々は、だから一人で幾度も幾度も繰返して狂女の舞だけさらっているのであった。能楽の狂女ものを歌舞伎舞踊に移したものの一つだが、人商人に子供をさらわれて気の狂った母親が隅田川の渡し場で船頭にからかわれて一所懸命川面を流れる花を掬《すく》い取ろうとする哀切の舞である。寿々は長く舞台に立っていないので、この稽古には熱心に舞台の呼吸を取戻そうとしているようであった。

昔ものの寿々には機械の操作は不得手の最たるところであった。テープを止め、戻し、また初めからやり直すという単純なことさえ分らなくなってしまうことがある。そうすると、寝込んでしまった内弟子を起して寝呆《ねぼ》けた顔を見るのも癪にさわるので、あとは口三味線で続けることになる。

あら心なの川風やな、人の思ひも白浪に散り浮く花を、掬ひ集めん、心して吹け、川風。
沖のかもめの、ちりやちりちり、むらむらぱっと、ぱっと乱るる、黒髪も、取りあげて結ふ人もなし……。

幼い頃から踊りで鍛えた躰といっても寿々は還暦を過ぎてから、この夏急に年をとってきていた。瘦せた躰はきびきびと動いたが、にもかかわらず声はすぐにかすれ、唄と三味線は途絶えがちになる。殊に梶川流の賤機は船長《ふなおさ》と狂女のからみが多いので、花を掬って狂う件《くだり》では、いくら練習でも狂女が一人で踊るのは間がとり難いのであった。

寿々はこの早間《はやま》な件に来て、幾度もやり直しては少しも思うようにならず、次第に焦《じ》れてきていた。一心不乱で繰返していたから、いつか無人の稽古場に、秋子が入って来ていることに気がつかなかった。

「船長今は気の毒さ、何がなしほにィと……」

寿々は秋子がいつの間にか傍に立って、手を貸しているのに気がつくと、はっとして、その瞬間苦労して摑みかねていた間を取返した。

「そもさても和御寮は、誰人の子なれば」

「何程の子なれば」

「尋ねさまよう其の姿、見る目も憂しと諫むれば」

寿々と秋子は、掛け合いで長唄を口ずさみながら、次第に満足の微笑を交わしていた。

「テープやっておくれよ。機械どうやるのか、分らなくなっちまったんだよ」

「羯鼓《かっこ》のとこからですか」

「ああ」

狂女は童女が遊ぶように羯鼓を持って舞いながら、いよいよもの狂いめいていく。船長は、あるときはそれを痛ましげに見やり、あるときは羯鼓の面白さにつられて自らも踊りながら、舟漕ぐことも忘れていつか夕闇に消えて行く——。テープがまわって長唄が終るまで、秋子も共に立って稽古を続けた。母子の連舞は舞台の壁にはられた大鏡の前で、いつか四人の群舞に変っていた。

「ああ、いい気持だったよ、有りがとう」

快く踊り通せたので、寿々は上機嫌だった。汗ばんだ額を手拭いで押えながら、

「このくらい踊れれば歌舞伎座に出たって恥はかかないよね」

と、秋子の意見も訊いてくる。

「ええ。少し早間すぎると思うけど」

「テープなんてものは、だから駄目なんだよ。踊り手と気分を合わさないからね」

三味線を弾くひとは踊りと呼吸をあわせ、舞い手は三味線の呼吸にのって踊るものなのである。千篇一律《せんぺんいちりつ》のテープやレコードでは、稽古でも楽しさは半減するというものである。しかし寿々は一人で踊るよりも相手の船長がいた方が楽しかった筈であった。それを寿々の方から言い出さないで、つい秋子の方から、

「千春はちっとも来ないんですね」

非難めかして言うと、

「忙しいのさ。一人で何もかもやっているのだからね」

寿々が、かばう。

私だって一人で何もかもやっているんですよ、と言いかけて、秋子は唇を嚙んだ。つい先日の妹との醜いやりとりを思い出していたからであった。寿々があれを知っている

のかどうか。

「秋子」

「なんですか」

「この鏡は、いけないよ」

「なぜですか。大きすぎるんですか」

　新作の振付けにかかってから秋子は思いついて稽古場に鏡を入れたのである。猿寿郎は弟子を使って振付けを考案したものだが、秋子は自分自身の躰を使うところから、どうしても自分の姿を映すものが必要であった。もっとも秋子に限らず、舞踊家が鏡を使って自分の静止した姿の美を整えるのは誰でもすることなのである。秋子はそれをちょっと大がかりにやっただけだ。

「いえね、私も一人で映し映して踊っていたんだけど、鏡を見ながら形をきめると、どうしても心より寸法の方が強くなってしまうよ。手はどのくらい、足はどのくらい開くと恰好がいいかと、そっちばかりに気をとられて、心が入りそこねてしまう。大層具合が悪いんだよ」

　なるほど、と思い、秋子は母親の勘を有りがたいと思った。やはり踊りの甲羅《こうら》では秋子のかなわないものを梶川寿々は持っているのであった。

「それなら母さん、一度私のを見て下さいよ。誰に見てもらいようもなくて、鏡相手ばかりでは私も心細くなってたところなんです」

素直にこういう言葉が口に出たというのも、母親に敬意を覚えたからにほかならなかった。

寿々もまた船長を、千春に代って踊った娘に対して、言葉にはならない感謝を持っていた。

「いいともね。私も気にしてたところだよ。小金さんのものだって言うじゃないか」

誰にそれを聞いたか訊かなくても分っていた。が、秋子は、そんなことに構う気をなくして、テープレコーダーのテープをかけ替えていた。「月光」を、この夜までに秋子は幾度この部屋で深夜ひそかにかけて聴いたことだったろう。

「ふふん」

弾き出しで、もう寿々はなんらかの感興をもよおしたらしかった。文楽界の無形文化財の作曲は、秋子も名曲と呼ばれるべきものだと思っている。

大鏡に背を向けて、秋子は舞い始めた。

虫の声が聞える。白い夕月が、暮れて行く空の中で次第に黄色味を増すにつれて、月光の女の妬心《としん》がめらめらと燃え上ってくる。ひとり寝の身に妄想が湧き、苦しみ悶える女身、義太夫節の撥先《ばちさき》が仮借なく激しい太糸《いと》の音をぶつけてくる。秋子はこの件にくると、呼吸をするところが見当らなくなって、いつも歯を喰いしばるようにして舞い抜くのであった。

　夜が白み、月光が西の空で淡くかげり始めるとき、この家の夜も明けようとしていた。冴え冴えと扇の影で女が呼吸を始めると同時に、虫の一鳴きが笛で入り、新曲も朝を迎える。

　舞い終った秋子に、

「いいね。驚いたよ」

と、寿々は世辞っ気ぬきの正直な感想を言った。

「初めて何もかも一人でやったから自信がないんですよ、母さん」

「そんなには思えないよ。驚いちゃったね、私は。新作というから、どんなにチャカチャカしたものかと見ないうちから嫌気がさしていたんだけどサ、これなら秋子、立派なもんだよ。まあいつの間に、こんなことのできる舞踊家になっていたんだろう」

「踊りの意味が分りますか」

「分るよ。焼き餅だろ」

　しばらく寿々は考えていたが、

「秋子。この踊り、ちっとも男が出てこないね」

「え？　ええ、独り居の女の嘆きだから」

「だってオールドミスってわけじゃないんだろ、それじゃ面白くない。男も知って、男に可愛いがられたこともある女じゃなければ、焼き餅といっても深刻にはならないよ」

「ええ、そう思いますけども」

「やっぱりどこかで男が出て来なければ、いけないよ。それを想い出して、それでよけい苦しむのでなければ、お前さん本当のりん気とは言えないやね」

寿々の言うことは一々もっともだった。先代猿寿郎の愛を享《う》けながら、女出入の多い家元に一ときも心の休まるときはなかったのだろうかと、秋子は寿々の半世を彷彿しながら肯いていた。秋子も妻ではあっても、同じ苦しみを知らなかったわけではない。こういうところで、通い合うものを持つ母と子であったとは秋子には思いがけなかった。

「やってみます」

「うん。自分が男になることはないんだよ。あくまで女で、眼の前に男が立っているときの仕種《しぐさ》が欲しいのさ」

「はい」

「それから、やっぱり鏡がいけないね」

「そうですか？」

「ああ。形がきまったときは綺麗だけどさ、形から形へ動くときが、きたない。踊りというのは、形から形へ動くときが踊りなんだからね、鏡ではそれが見えないから、駄目なんだよ」

秋子には寿々の言葉が端々まで納得がいった。これまでに母の言葉がこれほど明白に理解できたことはなかった。もっと早くこういう受取り方のできる娘であったならば、寿々の愛が千春にだけ偏《かたよ》ることはなかったのではないか、と秋子はふと思ったが、それによって千春への敵意や憎しみが薄れたわけではなかった。あの日から、どちらも顔をそむけあっている姉妹なのであった。少なくとも梶川流大会の当日まで、秋子は千春を見たいとは思わなかった。

「千春にこの稽古は見せられないね」

寿々が呟くように言って、秋子をぎょっとさせた。

「え？」

「いえね、千春がこれを見たら頭へ来てしまうだろうからね。あの子の新作ときたら、あっちの家元、こっちの家元と、頭を下げてまわるばかりで、あれじゃかっきり纏まりっこないからねえ。欲ばり過ぎたんだよ、可哀そうに」

「…………」

「考えてみると可哀そうな子ですよ。父親にはすぐ死なれてしまうし、お前には嫌われているようだし、亭主はなんの力にもなれない男なんだから」

「私が嫌ったわけじゃないんですよ。千春が私に協力する気がまるきり無いんですもの。家元になりたい一念で、私の邪魔だってやる気ですよ。それに、力が無いなんて崎山さんのことを言っては気の毒ですよ。崎山さんがいなかったら千春は日本へ帰れなかったでしょう、昔の話だけども」

「もっと早く別れときゃよかったんだよ」

「母さんまで、そんなことを！」

「でもね、もともと崎山さんは秋子を好きな人だったんだから」

「冗談じゃありませんよ。母さんは千春の言うことを鵜呑《うの》みにしているんです。前もって言っときますが、崎山さんと私とは何の関係もないんですからね、変なことは言い出さないで下さい」

「私もそれは千春の邪推だと思ってるけどサ、秋子もひっかからないようにしておくれ」

「私が、あの人にですか？」

「ああ、男なんて分りゃしないよ。女の方も自分でよく分らないことをするものだからね」

「母さん！」

秋子の眉が吊り上ったので、寿々は腰を浮かした。もう朝が来ていて、そろそろ内弟子たちの起きる時間だった。

「秋子は古典は何を出すつもりだい？」

話題を変えようとしてきたので、秋子の方で払いのけた。

「それも千春に言うつもりでしょう！」

「どうしたのサ、秋子。千春もお前も少しおかしいよ。内緒にしてたって、どうせ分ることじゃないか。それじゃ、ま、おやすみ、寝が足りないのは躰に毒だよ。会がすむまではお互いに大事な躰だからね」

寿々は片足を引摺《ひきず》るようにして廊下へ出ると、そのまま奥の部屋へ消えてしまった。秋子はしばらく茫然として、内弟子たちが起きる気配を聞くまで、稽古場に坐っていた。たった今、寿々と連舞したときの喜びや、「月光」を寿々の前で踊り、適切な批評を聞いたときの喜びが、まるで遠い過去のことのように思えてくる。

寿々には答えなかったが、古典は「鏡獅子《かがみじし》」を出すつもりであった。「月光」を舞い終った後で、「鏡獅子」もいずれ見てもらいたいと言い出すつもりだったが、秋子は又しても肉親に対して頑《かたく》なに心を閉ざしてしまっていた。

「鏡獅子」は——と秋子は考えていた。「鏡獅子」を踊って当代右に出る者がないのは、役者と舞踊家を含めて、あの成駒屋《なりこまや》があるばかりだった。秋子の夫の親友であり、胸うつ弔辞を捧《ささ》げた人情家の成駒屋が、女形《おやま》と荒事両方の至芸を必要とする「鏡獅子」を踊るときの見事さを秋子は思い出していた。

「鏡獅子」の稽古は——と秋子は決意していた。成駒屋の門を叩いて教えを乞おう。親友の未亡人の頼みなら、彼は懇切に叮嚀に仕込んでくれる筈であった。成駒屋の許には、紋之助の預けた正《ただし》がいる筈であった。小紋の子を上京させて、彼の薫陶を受けさせている猿寿郎の遺児がいる筈であった。

よかろう、と秋子は重々しく肯いていた。私はそこへ乗込むのだ。どうせ親も妹も敵にまわしている梶川月なのだ。夫の落し胤《だね》のどこが怖ろしいか。そんなことより敵地へ乗り込む度胸がいつの間にか築かれている自分に秋子は惚れ惚れとしていた。こういう私を造り上げたのは、梶川流の踊りであった。人間が強くなるためには敵意や憎しみは必要なものなのかもしれない。

樵歌牧笛の声、人間万事さまざまに、
世を渡り行くその中に、世の恋草を余所《よそ》に見て……。

成駒屋は快く応じ、秋子が挨拶に出たその日に、もう自分の家の稽古舞台で立って踊ってみせた。気さくな人柄がそうさせたのでもあろうが、正を預かっていたり、さまざまに梶川流の内部の揉めごとが聞えてくる立場にいて、秋子には話すことも多すぎ、憚ることも多くて、何はともあれまず踊ろうと思ったのかもしれなかった。

世話ものに長じ、洒脱《しゃだつ》な芸風を持つ役者ではあったが、踊りには硬軟いずれにも独特の技術を持っていて、当人もその分野で成駒屋風を築き上げようとする意欲があった。亡き梶川猿寿郎はそのために実に得がたい友人であっただろう。

「ここんとこは、梶川と僕の意見が対立した懐かしいところだよ。僕はね、これは大奥のお小姓《こしょう》だから一切色気を出しちゃいけないって言うんだが、梶川は女に色気がなけりゃ三文の値打ちもないって言うんだ。だから、梶川は、こう踊るんだよ」

人の心の花の露、濡れにぞ濡れし鬢水《びんみつ》の、
はたち鬢の堅意地も道理、御殿の勤めぢゃと……。

成駒屋が二通りに踊り分けて見せているのは、猿寿郎の妻ならば彼の好みで踊るだろうという心遣いに他ならなかった。秋子はどちらも記憶の中に畳み込みながら、自分の好みでは成駒屋の振りをとりたいと思うのは、色気というものが足りないからであろうかと考えていた。好むところのもともと違う夫婦であったのかもしれない。

「まあ僕のは女形だからね、あんたが踊るならあんたの工夫もあっていいところだが」

「はい。でも私にはまだ自分の工夫など、人さまにお見せできる深いものはございませんから、お兄さまのを頂きますわ」

成駒屋を兄と呼ぶのは、猿寿郎も彼を兄さんと呼んでいたからである。亡夫より、三歳年長の筈であった。

「梶川とは深い交際で、死なれてみると本当にがっかりしてしまって、成駒屋も腕一本もがれたみたいになるかと思っていたら、近頃は梶川のお呼びで大忙しだよ」

稽古が終ってから、彼は団扇《うちわ》をばたばたして汗をとりながらこんなことを言い出した。秋子も訪問着の下着をしとどに濡らしていたが、扇子も使わずに弟子の礼儀に徹して拝聴していなければならない。

「そんなに御迷惑をかけておりますのですか。私はちっとも存じませんので、御礼も申上げず、本当に失礼を致しましたわ」

「あんたも気の毒だよ、ツンボ桟敷に置かれているのだからね」

成駒屋は率直だった。内心では秋子に充分同情しているのであった。小紋の子を預かっているのは、又別の人情があるからであろう。

「お恥ずかしいことですわ」

「いやいや、梶川が早く死にすぎただけだよ。まったく後の迷惑を考えずに逝きやがったからな、あいつは」

「一時はどうしたらいいのか皆目見当もつきませんでした」

「もっともだよ。むやみと天一坊が現われたしねえ。僕も吃驚《びっくり》したんだ。梶川は相当なもんだったねえ。知らないじゃなかったが、あいつも少々だらしがなかったなあ」

「………」

「けど心配しなさんな。どれも大した玉はいねえや。いい子は、いい子だけどもね。今すぐ家元になろうたって土台が無理だよ。ま、あんたがしっかりしているのが一番だね」

「そう仰言って頂くと心強うございますわ」

「僕が心配してるのは、秋の会でチリヂリバラバラになりゃしないかと言うことなんだけれども」

「はい」

「梶川流が四分五裂になっては、死んだ梶川が可哀そうだよ。そう思ったのでね、僕は八方美人のようだが、どこからの頼みも、あいよ、あいよって引受けてきたんだ。いずれ不穏なことを計る奴がいたら、おいらが唯じゃおかねえつもりでよ」

「有りがとうございます」

「あんたも意地の強い女だな。梶川が一目置いてただけのことはあるねえ」

「どうしてですの？」

「誰がどんな頼みを持って来たのか、訊きたくはないのかい？」

「………」

「訊きなよ。僕は話したいよ。あんたが来るってから、そのときは洗いざらい喋って、あんたの愚痴も聞いてやるつもりだったんだぜ。しっかり者だねえ、さっきから何も言わないんだ。こんな女房は、やっぱりちょっとおっかねえや。梶川が息抜きしたのも無理じゃねえぜ」

成駒屋の毒舌も人徳で秋子を不愉快にはさせなかった。正確な観察だとさえ思う。しかし、誰が何を成駒屋に頼んだかということは一応の察しがついたし、全部引受けたのだと成駒屋自身が言う以上は聞いても今更手の打ちようは無いと思えた。そんなことより何より、問題は秋子自身の踊りにかかっている筈だと、本質的なことに彼女はかかずらっていたからである。しかし、そういうところが猿寿郎も煙たがった秋子の性格の強さだったとは、成駒屋に言われるまで秋子には思い当らなかった。

黙っている秋子に、成駒屋は拍子抜けがしたようだったが、それでもざっと今までの経緯は話してくれた。

小紋の子、正は「山姥《やまんば》」を出す。足柄山《あしがらやま》の山奥で乳母に育てられる金太郎に彼が扮《ふん》するのだ。そして山姥には成駒屋がなる。これは正の楽屋親としては当然といえる出演であった。

「筋はいいんだ。梶川に似て柄も大きい。しかし梶川より口跡《こうせき》がいいのでね、舞踊家よりは役者にしたいね、僕は。そう言ったら紋之助はがっかりしていたが、小紋は大層喜んでいたよ。家元にする気はないんだと繰返して言ってたな。上方風の賢い女だぜ、ありゃあ。紋之助の奴は未練げに、西川でも尾上《おのえ》でも家元は前には役者だったなんて言ってたけどね」

寿太郎が後見している美津子の子の梶川花は、成駒屋と連獅子《れんじし》をと申入れてきた。

「断わっといてよかったよ。あんたが鏡獅子を出すのなら、おいらが親獅子を踊らない方がよかったろう」

「はあ。でも、どうしてお断わりになりましたの？」

「どうせ一応の付き合いなんだから、あんなくたびれるものでは出たくないよ。いくら梶川の親友だったって、命を縮めたかあないじゃないか。それに、僕ァどうも寿太郎って奴は虫が好かねえんだ。本筋は、あいつが梶川月の参謀になるべき立場だよ。それが未亡人を敵にまわすなんざ、憎いじゃないか」

「…………」

「まず今は一番の嫌われ者だね。外から見ての話だよ。梶川の娘も悪い大樹の下について、先へ行っては損になるね、気の毒だ」

秋子には動かしがたい寿太郎の存在も、そういう別の評価があったときけば少しは気も楽になるというものである。

「気の毒だと思ったから、演目《だしもの》は鏡獅子にしたらどうだと僕が智恵をつけた。そしたら最初の老女で僕が出ようってね」

「まあ」
秋子は息を呑んだ。女小姓の弥生が舞台に登場するときは、白髪の老女と中年増《ちゅうどしま》の大奥の女に手を曳《ひ》かれて出て、秋子と同じ鏡獅子を踊るとしたら……。梶川花が成駒屋に手を曳かれて来るのだ。

「ところが寿太郎の方で断わってきたよ。まだそこまで腕はないんだそうだ。は、は、は。あんたが鏡獅子を出すと知ったら、あの爺ィ地団駄踏んで口惜しがるぜ」

世話物の台詞と同じ呼吸で、成駒屋は話を落してみせ、快さそうに明るい笑い声を立てたが、秋子はじっとり汗を掻いたまま笑う余裕はなかった。

「それで、羽衣にきまったよ。それが昨日だ。僕の漁夫さ。明日あたり稽古に来ることになってるよ」

「私には羽衣も随分難かしいものに思えますけれども」

「あれは姿がよほどよくないと、天人の舞が綺麗に見えないからね」

「はい」

「だけど、寿太郎にとっちゃそんなことは問題じゃないらしいんだな」

寿太郎にとっては、成駒屋が自分の陣営だということを世間に誇示できさえすればそれでいいのだろう。

「お兄さまが他にもお出になることを、あのひとたちは知っているんですの？」

「いや、筒抜けにしたのは今が初めてさ。人が悪いようだがね、僕は梶川の為を思ってしていることだから。寿太郎にしたって、僕が正を預かっているのは先刻承知でやって来たのだろうし、僕もはっきり言ってあるんだ。おいらは気のいい男だから、頼まれりゃなんでも引受けるのよってね」

「私まで御迷惑をかけて申訳ありません」

「いや、あんたは別だよ。あんたから、何も頼まれなかったら、おいらはひがんだぜ」

「畏れ入ります」

「しかし、みっともないことにはなって来たなあ。世間が騒がなきゃいいけども」

「はい」

「ときに、あんたの鏡獅子では、誰が手を曳いて出るんだい？」

そこまでは考えていなかったといえば嘘になった。秋子はその一人に雲井いとを考えていた。小金頼近の夫人和重である。小金の新作「月光」は一人舞だから、小金夫人の協力は望めないが、「鏡獅子」の老女にならば、秋子には少々不足な相手だが、雲井いとの方は気をよくして出る役に違いなかった。しかし、それを成駒屋に言う前に、秋子にも適当な才覚があった。

「いろいろ伺ってしまいましたから、お兄さまにはお願いできませんわねえ」

「そんなことはないよ。梶川が生きていたって、あんたが鏡獅子を出すとなりゃ、老女は僕の役どころじゃないか。え？」

「お願いしてもよろしゅうございますか」

「ああ、いいとも。雲井仙鶴と二人で出ることにするよ。梶川の女房には一肌脱いでやりたいって、あの家元も言ってたからね、出るよ」

「よろしくお願い致します。こんな光栄なことになるとは、伺うまで思いもよりませんでしたわ」

雲井いとの口惜しそうな顔が眼に浮んだが、いくら小金夫人の威光を持ってしても自分の家元には歯が立たないだろう。更に雲井仙鶴は千春の新作にも出演する筈であったから、意図せずに千春をも一層口惜しがらせる結果になるだろう。秋子の唇の端に、小気味よさそうな微笑が動き、すぐに消えた。

しかし成駒屋や他流の家元を、同じ梶川の中で引張り合うのは、やはり醜態なのではないだろうか。

そんな秋子の思いをよそに、成駒屋は対岸の火事を見守るように気楽な調子で話し続けていた。

「こうなったら、おっ母さんの賤機にも付き合うかな。あは、は、は、冗談だけれどもさ」

「よく御存知ですこと」

「みんな知っているよ。千春が船長を踊るのを嫌がって、とんでもない母親を持ってしまったと愚痴をこぼして歩いている」

「まあ、本当ですか」

「本当だとも。あれは新作に家元連中を掻き集めているからね、僕ンとこには筒抜けなのさ」

「…………」

「僕のところにも頼みにきたけどね、僕は役者だし、藤江流の一門だから、やめとけと言ってやったんだ。なんだか知らないが、あんたにも大層な張り合いっけを持っているよ」

面白がっているのだ、この人は、と秋子は気がついていた。亡き猿寿郎の親友だとか、秋子には秋子の味方であるような口こそきいているけれども、本心は少しも梶川流のために心中立てをする気はない。誰の頼みもきき入れて、秋子には自分から老女役を買って出ているというのも、対世間的に自分が梶川流にとって浅からぬ関係を持つことを誇示するためのものではないのか。悪く勘ぐれば、成駒屋の人情家めいた一面も、実はよほどの人の悪さの韜晦《とうかい》術であるのかもしれない。これは何を喋っても敵方に通じてしまう相手だったと、秋子は無口を通したことに胸を撫《な》でおろしていた。

「今月は芝居が休みだから、よかったねえ。いつでも気軽く習いにおいでよ」

「はい、この次は獅子を持って伺います」

「うん、後ジテは、梶川の通りにしているから、大丈夫だよ。でもあれは腰で踊るものだからね、たっぷり食べて躰を作ることも考えなくっちゃいけない。僕は芝居で鏡獅子を出すときは常より一食よけいにとるようにしているんだ」

稽古が他の連中とかちあうときがあれば面白いと内心期待しているらしい成駒屋も根は親切で、踊りの極意を秋子に伝えるのに出し惜しみはしないのが有りがたかった。

しかし帰り道の秋子は、稽古で掻いた汗が帯の下で冷たく冷えて行くのを痛いほど感じていた。自分より他に頼るものはないということが思い知らされた。そして自分が頼るのは秋子自身の踊りだけであった。自分の目ざしているものが、次第に追詰められていく地点と寸分のずれもないのが、おぞましく感じられた。

残暑もようやく過ぎると、東京の街中でも空気が急に冷え、人々の表情から苛立《いらだ》ちが薄れてくる。秋子は稽古空きの午後、コロンバンの菓子包みを抱きかかえて、小さな造りの家々が建ち並んでいる古い小路を歩いていた。もう随分長い間、梅弥を見舞ったことがない。秋の梶川流大会は、つい眼と鼻の先に迫っているのであった。稽古の明け暮れに加えて、衣装や大道具の考案や注文という準備に忙殺されて、秋子は気に懸りながら、梅弥の様子を見に行く暇を見付けることができなかった。

軽井沢から帰って以来、米小村が引取っているので、梅弥はつまり芸者置屋の二階の一部屋で、これは出産の準備をしているはずなのであった。出産予定日は、梶川流大会の二日前日になっていた。もっとも医者は、梅弥が初産ではあり、それでなくても予定日は必ずしも確実な出産日にはならないのが常識だと言っていた。

米小村の女将は留守で、階下には少女が一人いて、秋子の顔を見ると、梅弥に階段下からそれを告げた。

「あ、いいわよ。私の方から、上って行くわ」

臨月の妊婦に階段の上り降りは、万一のことでもあっては大変だ。秋子は気さくに自分から家に上り、女中に会釈して階段をトントンと駈け上った。

「しばらくね、梅弥ちゃん」

「ええ、御無沙汰してすみません」

「あら、それは私の方よ。気になっていたんだけど、ご免なさいね」

「お忙しいのでしょう」

「いくら忙しくたって、私の子供が生れるというのに、放っておいてはいけないわ。ご免なさいね、どう、具合は？」

梅弥は狭い縁側に置かれた籐椅子《とういす》に腰を下ろしていた。背が心持ち後ろへ倒れている。

マタニティ・ドレスという奇妙な洋服の上から、黄八丈に繻子衿《しゅすえり》という粋な半纏を羽織っている。腹部がもう小山のように盛り上っていて、梅弥は俯向くのが困難な様子だった。置屋だから、総てが日本式の間取り佇《たたず》まいで、秋子は畳の上に坐ったのだが、梅弥には彼女がそうしていたように籐椅子に坐らせた。

秋子の問いかけに、梅弥はぐったりした疲れを隠そうともせず、

「くたびれちゃいました。もう一刻も早く解放してもらいたいわ。十月十日って、こんなに長いとは思わなかったわ」

と言った。

秋子にとって、この十月十日は、思いがけないことの連続で、あっという間に過ぎ去って、あとはただ梶川流大会を待つばかりになっているのだが、あの交通事故以来の梅弥には、猿寿郎の葬式以外にはこれという事件もなく、ただ子供の無事に生れることを祈る日常であったのだろう。それを殊更に長かったと思うのは、臨月に入っての腹部の重さに耐えかねている折柄でもあったのだろう。

「食欲は相変らず？」

「全然なんです。今月になってから、ばったり止っちゃいました。だって、ここまで詰ってるんですもの、水だって飲みすぎると吐いてしまうんですよ」

「お菓子はどうかしら。ゼリーとかプディングとか、そんなもの買ってきてみたけれ

ど」

「わ、嬉しい。そういうものが今は一番恋しいんです。いつも、すみません」

秋子は手早く包みをといて、透明なプラスティック容器に納まったババロワを取出した。プラスティックの小さな匙《さじ》が付いていたから、女中を呼ぶ必要はなかった。

梅弥は白くむくんだ顔を子供のように綻《ほころ》ばせて、すぐ口に運んだ。

「おいしい？」

「うん、おいしい」

「よかったわ。それじゃ私もお相伴しよう」

「お茶、おそいですね。あの子は本当に気がきかなくて」

「いいのよ。私は身内なんだから」

オレンジ色のゼリーを選んで、匙ですくいながら、秋子は自分が何気なく言った「身内」という言葉に驚いていた。

身内。亡き夫と、この梅弥の間に生れてくる者は、明らかに秋子の血縁ではなかったのに、自分の子供が生れるのだと思い、身内の出産のように確信しているのは、秋子の実際の身内である寿々や千春たちが、秋子を頼ろうともしなければ秋子も頼れる相手ではないからかと思うと、それだけで、秋子は胸の中がじんと痺れてくる。

ゼリーはまだ冷えていて、秋子の舌の上で快く甘く溶けた。私の子供が生れてくる。

そうなのだ、と秋子は思った。大きなお腹を抱えてあえぎながらババロワを食べている梅弥を見ていると、その切なさには同情しながらも、秋子は微笑を押えきれない。

「いい子が生れて来るわねえ、きっと。私はそういう気がしているのよ」

「そうですか」

梅弥は最後の一匙に、容器の底のどろどろをすくいながら、

「私はもう、なんだっていいから早く出てもらいたいわ」

と、いかにもやりきれないという声を出した。

「まあ」

「初めの頃は、いいえ、つい先月までは、どうぞ無事に生れて下さい。手に水搔きなんか付いてませんように、指の数は揃ってますようにって念じていたのに、もう臨月に入ってからは、そんなことどうでもよくって、もう勘弁して下さいっていう気分なんです」

「よっぽど辛いからなのね。本当に御苦労さまだけど、もう少しの辛抱だから、頑張ってちょうだい。お腹の子も、出たい、出たいって暴れてるんじゃない？」

「それが昨日あたりから、ぴたっと動かなくなってるんです」

「……大変じゃないの。病院へ行った方がよくない？　私も一緒に行ってあげるわ」

「大丈夫なんです。臨月には動かなくなるんですって」

「本当？」

「ええ。本にもそう書いてありますし、病院の先生も、もうじき動かなくなりますよって言ってました。子供の頭が骨盤の中に嵌《はま》ってしまうらしいんです」

「そうなの」

そんなことになるのかと、経験のない秋子には、落着き払っている梅弥の態度が半ば解せないし、未知の世界に悠然と坐っている彼女がひどく眩かった。

「早く生れてほしいけど、そうすると会に出かけられないから詰らないわ」

「冗談じゃないわよ。そのお腹で歌舞伎座で転んだりしたらどうするの」

「もう馴れてますから、そんな心配はないんですよ。だけど、駄目ですね」

「駄目って何が？」

「だって、お義母さんに叱られるわ」

梅弥がお義母さんというのは、米小村の女将のことである。

「何を叱られるの？」

「歌舞伎座だったら、お客さまに会っちゃうでしょう？　梶川流は後援者が多いし、花柳界の出演も今度は多いみたいだから」

「ええ、それで？」

「お義母さんが、こんなお腹の大きいところ、お客さまに見られたら大変だって言うんです。今度お座敷へ出たとき、誰も色気を感じないんですって。男の人から見ると随分みっともない恰好らしいんです」

秋子は思いがけないところで胸を衝かれ咄嗟に言葉が出なかった。

子を産むということは、女にとっては誇らかなものである筈であるのに、梅弥は、妊《みごも》った姿を人の眼にさらしてはならないと言われているのだ。花柳界の女の哀れさが、ひしと迫ってきて、秋子は危うく涙ぐむところだった。遂に妊ることのなかった石女の秋子には、何もかも思いがけない。

「今度の会は凄いんですってねえ」

梅弥の方は秋子の感慨など察する様子もなくて、けろりとしてそんなことを言っている。

「凄いって、どういう意味かしら」

「千春先生が一番凄いって評判らしいですよ。相手役が他流の家元ばっかりですって。お姉ちゃんたちが素人の腕っこきには敵《かな》わないなんて言って感心してます」

お姉ちゃんたちというのは梅弥の姉芸者たちのことである。千春のやり方を素人の腕ききというのは、芸者も真似のできないような大胆なことを蔭でやっているものときめてかかっている噂であった。しかし秋子がここで何をいうことができるだろう。

その姉芸者たちは、日中は稽古事を終えると六時のお座敷があるまでは銭湯から美容院にまわり磨き立てて帰ってくる。米小村には七人から抱えがいて、秋子が訪ねたときは皆出払っていたが、やがてそれぞれ相前後して帰ってきた。申しあわせたように普段着や稽古着の上で、顔と髪だけがピカピカしている。ネットスプレーを吹きかけた匂いで、狭い二階はすぐ一杯になった。

「あら奥さま、いらっしゃいませ」

「ごきげんよろしゅうございます」

「まあ何もおかまいしてなかったんですね。すみません」

「梅弥ちゃんも気がきかないわよ。下のお客部屋にお通ししたらいいのに。こんなむさいところを仮にも家元の奥様に」

芝居の台詞廻しだから、言った芸者に悪意はなかったのだが、言われた秋子は「仮にも家元の」という言葉に笞打《むちう》たれた。本当に、それは仮の座なのであった。それも、ひょっとすれば大会の当日までの。その日で総ての決着がつき、世間に対しても秋子の座は明確になるのであろう。

「あら、でも、私」

秋子はうわずった声で言った。

「ここで結構なのよ。梅弥ちゃんを階段から下ろすより私が上った方が安心なの。それに、あなたたち支度の時間でしょ。いいのよ、私は見馴れてるんだから。どうぞ、お構いなく」

「そうですか、すみません。それじゃ失礼して」

芸者たちは銘々に鏡台をあけて支度にかかり始めた。今日は米小村の妓たちには余興のお約束がないのか、準備も手軽なのである。昔のことを思えば、今の芸者は美容院から帰れば、あとの化粧と着替えも手軽なものだ。

それでも次々に巣に帰ってきた女たちが、鏡台に向って化粧する様子は壮観だった。秋子は暫《しばら》く見惚れて、ふと梅弥も同じように見惚れているのに気がつくと、ああ、この若い女は毎日一度はこの光景を見て、身重《みおも》の躰を嫌いだしているのだろうかと思った。

昔のような白一色の白粉は使わない現代風の化粧をしているとはいっても、やはり芸者たちのお座敷へ出る準備は世間普通のものよりかなりの厚化粧だ。下塗りの段階では、まるでペンキ屋のように荒っぽい。

「奥様、もうじきですね。お忙しいでしょう」

年嵩《としかさ》の芸者が顔を牡丹刷毛で叩きながら話しかけてきた。鏡の中から秋子を見ている。

「前評判が凄いから、お弟子さんは切符のハカがいって楽でしょうねえ」

などと言う。

舞踊界の切符は、たまにプレイガイドなどに出すところもあるけれども、とてもそんなところで売れるような一般性はないので、たいがい出演者と門弟に割当制をとっている。割当分の切符代は先に納めてしまうので、割当てられた方は必死で客を勧誘することになり、手拭いをつけたり、弁当をつけたり、つまりかなりの身銭を切って切符を捌《さば》くのであった。こういうやり方からみても、日本舞踊の成立の基盤には無理というものがあるのが分る。

だから前評判が高ければ、売りつけられる前に切符を欲しいと思う客も多くなる勘定だから梶川流の弟子たちは楽だろうという意味なので、おめでとうございますという挨拶にも似た話しかけなのである。

「おかげさまで」

秋子はさりげなく応えた。どういう前評判なのか迂闊には喜べない場合なのだ。

梅弥が、よっこらしょと立ち上った。

「どこへ行くの？」

秋子が訊くのに、

「おトイレ。近くなっちゃって、面倒でしようがないんです」

と、やりきれないという顔で言った。

「階段、気をつけるのよ」

「大丈夫です」

鏡の中で見送って、芸者は声を低くしながら、

「奥様も大変ですね」

と言った。

「どうしてなの。私は演目だって大仰《おおぎよう》なものは一つとないし、やることはなくて、この通り閑《ひま》なものよ」

「そういうことじゃないんです。だって、ねえ？」

両脇に並んで化粧している朋輩《ほうばい》たちに意味ありげに同意を求めながら、

「寿太郎お師匠さんやら、大阪の紋之助さんやら、亡くなった家元から預かったんだといって、いろいろ配りものをして歩いてるそうですよ」

「配りものって？」

「梶川流の正統はこの子だといって、書きものにして配ってるんですって。それじゃ梅弥ちゃんの子はどうなるんだろうって、私たち心配してたんですよ」

「知らなかったわ」

「あら、本当ですか」

「そんなことを、いつしたのかしらん」

「私が聞いたのは、つい二、三日前です。だって紋之助さんなんか、お菓子と反物に切符をつけて挨拶まわりをしているそうですよ。成駒屋が特別に目をかけて山姥を付き合って下さいます、と感激して宣伝にまわっているんです。新橋も赤坂も、料亭置屋洩れなくやったらしいんですよ」

「大変なものね」

「ええ。それだけのお金が、どうして紋之助さんとこにあるのかしらって言ってるんですよ、私たち」

「あら、お姉さん知らないの」

遠くにいた若い妓が口を挟んだ。

「何を？」

「何をって、資金源を、よ」

「あんた知ってるの？」

「ええ。安西さんですってよ、お金を出してるのは」

「大阪の？」

「ええ、そう。大阪の大財閥。小紋さんの前の旦那」

「まさか。だって自分の子じゃないじゃないの」

「それだけど、面倒見ることになったんですって。紋之助さんが、必ず家元にしてみますって大見栄《おおみえ》を切ったんだそうですよ。この話本当なのよ、お姉さん。お座敷で、確かな人が言ってたんだから」

「へええ。それじゃあ寿太郎お師匠さんは苦戦だわ」

「そうなのよ、あそこにあるのはお墨付きだけでしょ、家元の」

「安西コンツェルンかア。気がつかなかったなあ。なるほどねえ」

「だから紋之助さんと千春先生の一騎打ちだって、もっぱらの評判よ」

「あら、千春さんとこはＮＴＯでしょ、財力じゃ敵《かな》いっこないじゃないの」

「でも財界に顔ききの内山さんだもの。奉加帳がまわせるから」

「うん、いい勝負ってとこね」

「それに、なんていっても東京方だから」

「そう、そう」

のっし、のっし、と階段をきしませながら梅弥が二階に戻ってきた。両手で盆を持って、秋子に茶を運んできた。芸者たちは、それでぴたりと話を止めてしまった。

「危ないわ。お茶なんか、いらないのに」

「私も喉が渇いてたんです。だから奥様も、きっとお茶の欲しい頃だろうと思って」

「私より、お腹の子供を大事に思ってちょうだいよ」

「ええ。でも、子供も大事だけど、子供をお願いするのだから、私には奥様も大事なんです。なんて……」

梅弥は照れたように笑って見せたが、秋子を見ている眼の色には、秋子をどきりとさせるような真剣な光があった。幼くても、それは母親の眼に違いなかった。

家に帰る道々、秋子の念頭には、先刻の芸者たちの会話と、梅弥の眼が重なり合って浮かんでいた。芸者たちの意識には哀れな梅弥に気を使っても、家元夫人に敬意を払うことは閑却されていた。それでなくて、どうして秋子の前で、あんな話題をひろげ、まるで競馬の予想でもたてるように、紋之助と千春の月旦《げったん》をすることができたろうか。みんな面白がっているだけのことなのだ。口先では、大変でしょうとか、梅弥が心配だなどと言いながら、実は秋子がどうなろうが、梅弥の子供がどうなろうが、誰も本気では考えていないのだ。そうなのだ。

しかし、あの眼は——梅弥のあの真剣なまなざしは、子供をお願いするのだから、私には奥様も大事なのですと言ったあの言葉には嘘も偽りもない、ぎりぎり命がけの願いがこめられていたのを、秋子は疑うわけにはいかなかった。

私には、この私と、これから梅弥の産む子供しかいないのだ——と秋子は改めて思いを固めた。近々、大会前の梶川流出演者の集まりが開かれる。大会のプログラム作成が目的であった。考えるだけでその会の紛糾する様子が眼に浮かぶが、私はそこでは頑張り通さなければならないだろう。生れてくる子の為に、そして私自身のために。紋之助がどう計画しようと、千春に誰が援助しようと、実際の技倆と梶川流正統の立場を持っているのは秋子だけなのであった。

家に帰ると、玄関に男物の茶革の靴が揃えてあった。

「どなた？」

「はい。千春先生の旦那さまです」

「いつ見えたの？」

「一時間ばかり前です。米小村へいらっしゃったと言いましたら、待つと仰言って」

「そう。お母さんは」

「大きいお師匠さんは入れ違いにお出かけになりました」

「どこへ」

「伺ったのですけれど、仰言いませんでした」

前は猿寿郎の居間だった部屋が、秋子の客間になっていて、崎山勤はそこで煙草を吸っていた。切子細工の華奢《きゃしゃ》な硝子《ガラス》の灰皿に、吸いがらが山のように盛り上っている。部屋の空気には煙草の煙がこもって、深呼吸すると咳《せ》きこみそうだった。

「いらっしゃい」

「やあ、お邪魔しています」

互いにさりげない挨拶を交わして向きあったが、秋子にはすぐ崎山の持っている苛立ちと興奮と緊張が伝わってきた。彼は持っていた煙草を灰皿の中で揉み消したが、手がぶるぶると震えるので、灰皿の中の吸いがらを卓上に押しこぼしてしまった。

内弟子が茶と菓子を改めて運んできたが、彼女が姿を消すまで二人とも黙っていた。

崎山は新しい煙草に火を付け、すぱすぱと忙しくふかしていたが、突然、それをやめて秋子を見ると、吐き捨てるように言った。

「別れることにしましたよ」

「え？」

「離婚ですよ」

「まあ崎山さん、あなたまで可笑《おか》しなことを仰言っちゃ駄目ですよ」

「僕の方は冷静至極に今日まで我慢してきたんです。が、もう限界ですよ。まあ見て下さい、秋子さん。これが女房に逃げられた男の顔です」

「崎山さん、姉としてお詫びしますわ。千春は今、少しどうかしているんです。秋の大会が終れば元へ戻るのですよ、きっと。それまで、すみませんけど我慢なすって下さい」

「千春はね、秋子さん。少しどうかしているなんてものじゃない。重症ですよ、あれは。義兄さんが死んでから、あいつは人が変ってしまったんだ。僕には全く理解できない女になってしまったんだ。僕らの常識では、千春の日常生活は完全な狂気ですね。ついて行けないどころか、見てもいられない」

「千春は家元になる気でいるんですか」

「その気ですよ」

「崎山さんも最初は千春を家元にする方針でいらしたのでしょう？」

「いやあ、思い出すと汗顔の至りですよ。しかしね、義兄さんが衝突したという報《しら》せを千春が僕のオフィスへ電話してきたとき、あいつはなんて言ったと思いますか、秋子さん」

「なんと言いましたの」

「あなたもしっかりしてちょうだいね。これからは私が家元よ」

「まあ」

「義兄さんが死んだかどうかもまだ分っていない時点で、千春はそう言ったんですよ。僕は驚いたけれども、その晩から彼女がいろいろ口走るのを聞いて、なるほどそういうものかなと思ってしまった。つまり僕は簡単に考え過ぎたんです。千春に言わせれば、いどん素人の致すところだったんですよ」

「でも崎山さん、だからといって、あなたたちが離婚なさる必要は少しもないじゃありませんか。千春は確かに血迷っていますけれども、会が終れば元に――」

「戻りませんね。一度気の違った人間は、仮に元に戻れたところで、当人は気が狂っていた間のことは忘れるのかもしれないが、周囲の正常な人間には記憶力ってものがあるんですからね。僕はもう、今から千春が詫びて前言取消すといっても、もう嫌です」

「千春が、どんなことを申しましたの」

「僕では、なんの役にも立たないんだそうですよ」

「まあ」

「金はないし、顔がきかない。舞踊界にだけ通用するような智恵才覚も持っていないんだそうです」

「思うようにならないので、当り散らしたんですわね。我儘《わがまま》で、本当にしようのない子です。崎山さん、私に免じて堪忍してやって下さいませんか。いずれ会の後にでも、私が言いきかせて反省させます」

「秋子さんに免じてというのは、どういうことですか」

何気なく使った文句を逆手にとられた形で、秋子は思わず声を呑んで崎山を見た。太縁の眼鏡の中で、崎山の小さな眼は血走っていた。幾日も眠らずに疲れ果て、心の荒れたのを物語る眼であった。

「千春が言ってましたよ。もともと僕は秋子さんを好きだったのだからってね」

「昔のお話ですわね」

「そう、昔の。しかし人間の記憶力は凄いものですよ。千春も覚えているように、僕もそのことは忘れていない」

「私は、忘れましたわ」

今度は崎山が息を呑む番だった。彼の小さな赤い眼が、かっと瞠《みひら》いて、次第に黄色くぎらぎらと光り始めるのを、秋子は顔を上げたまま正視していた。

「怖ろしい姉妹だなあ、あなた達は。僕は、あなた方の血縁ってものに、徹底的に傷つけられたというわけですね」

秋子は答えなかった。

低く、崎山は笑った。

「踊りなんて、あれはなんです。くだらないことじゃないですか。醜いせりあいを見ていて、僕は判断しましたね。秋子さん、日本舞踊は芸術じゃないですよ」

「舞台の上と、楽屋とは違いますわ」

「同じことですよ。楽屋がああ乱れていたのでは、舞台だけ切り離せるわけがない」

「いいえ、楽屋に起るさまざまな出来事を、切りぬけくぐりぬけた者だけが、舞台で踊ることができるんですわ」

「なるほど、秋子さんはその通りの人だ。小さいときから苦労続きでしたからねえ」

秋子は答えなかった。俯向いて唇を噛んだ。秋子も決して忘れているのではない、崎山との淡い愛の日々を、そしてあの時の打ちひしがれた気持を――。

「僕は努力を続けましたよ。アメリカで留学中に千春に再会したとき、秋子さんの妹だと思って力になったのがキッカケでしたが、結婚してからは、僕はいい夫になろうとして努力を続けましたよ。そして、千春も決して悪い妻ではなかった。家元になろうと思ってからですよ、滅茶滅茶になってしまったのは」

「それだけよくお分りになっているのだったら、もう少し理解してやって下さい。会が終れば、千春も落着きますわ。あの人が家元になれる筈はないのですもの」

「秋子さんは知らないのですか」

「何をですの」

「千春は分家を立てることに決心してますよ。会の当日には挨拶状をプログラムに添えて撒くつもりで用意しています」

「誰の許しを得て、そんなことを！」

「お義母さんですよ。お義母さんの判断で、もう今のままでは家元になれないから、早いとこ分散しようという考えのようです。僕と別れて、お義母さんの籍へ戻れば、それが可能なんだそうですね。先代家元は認知してるって言うじゃありませんか」

「分家なんか立てたって。弟子の数がそう多いわけでもないのに」

「しかし秋子さん、今度出来る国立劇場は、日本舞踊は家元しか加盟できないんだそうですよ」

秋子は力なく笑って、それから答えた。

「お詳しいのね、崎山さんは」

「千春が言うから知ってるんです。国立劇場に出ると出ないとでは、舞踊家の格が違うんだそうですね。格か。そんなもの、本当の芸術なら関係ないじゃないですか」

崎山が日本舞踊をどう罵倒しても、秋子には何の痛痒《つうよう》もないことであった。そして意外なほど秋子は冷静だった。千春と崎山の離婚も、決して唐突なことではなくて、いわば当然の出来事のように思えてくる。口先で崎山の翻意をうながしても、それは本当にて口先だけのことなのだった。あるいは崎山の本心は千春とＮＴＯの内山社長やその他財界人との交情を許せないというところにあるのかもしれないのだったが、崎山も男としては言いづらいのだろうし、秋子もそんなことを糺《ただ》したところで仕方がない。別れる男女にとって、離婚はその結婚ほど不自然なものではないのだ。

「あの、お電話ですけど」

内弟子が取次ぎに来た。

「どなたから」

「大阪の紋之助さんからです。今晩お訪ねしてもよろしいでしょうか、御相談があってと言ってらっしゃいます」

「そう。私は今晩は一人で稽古をするだけだから、いいわ」

「はい。お時間は」

「何時でも。お待ちしています、と言って」

内弟子が小走りに行く廊下の音が聞え、幽かに電話室で声を立てているのを聞くとも

なく聞いていると、

「紋之助も、大阪で別派家元になるんだそうですね」

と、崎山は驚くほど情報通だ。

「その相談で来るのですわね」

「平気なんですか、秋子さん」

「どうして慌てなければなりませんの」

「次々と城を取られるような具合じゃないですか。僕が一番気の毒に思っているのは、秋子さんのことですよ。千春は姉さんが家元になるつもりだと言ってますが、僕は秋子さんがそんな人だとは思ってないんだ。偶然家元夫人になってしまって、それは秋子さんの望んだ生き方ではなかった筈なんだ」

「そんなことが、どうして崎山さんに分りますの」

「そりゃ分りますよ。あなたは昔から、地味な、野心のない、素直な人だもの。千春たちのように手段を選ばない下劣な女じゃないですよ」

「そんなことは分りませんよ、崎山さん。少なくとも私は、梶川流家元になるつもりでいますもの」

崎山の鼻の上から眼鏡がずり落ちたらしかった。慌てて彼は手を上げ、眼鏡のつるを押えた。

彼が帰るのを、玄関まで冷然と見送って出て、秋子は自分の言った言葉を嚙みしめていた。

家元になる。私が。自分の言葉とは信じ難かった。しかし、私は家元になるだろう。千春が分家を立てようと、紋之助が別派を立てようと、怖れることは何もなかった。私は正統派の家元になる。誰にもその座は譲らないのだ。梅弥の子供以外には。

その昔、秋子が舞台で全裸になるとき、崎山勤はそれを救おうともせずに消えて行った。今度は違う、と秋子は昂然としていた。今度は私が自分の意志で舞台に立ち、自分の意志で崎山勤を追い払ったのだ。その昔の復讐を、秋子は果したと思っていた。この心の昂《たか》ぶりは、崎山には分るまい。遂に踊りを理解しなかった男なのだから。彼も言ったように世界の違う人間なのだ、彼と私たちは。

千春は、やはり私の妹なのだ。絶縁することがあっても、千春にも私にも踊りという泥沼を心の中に大きく抱えているという意味で。

秋子は、稽古場に入ると、舞扇を取ってすぐ舞台に立った。紋之助の来る僅《わず》かな時間までの間にも、秋子は踊りたかった。

梶川流大会のプログラムを組むための最終的な打合わせの会が、実質的には大会らしい顔ぶれを揃えて最後の集まりになってしまった。それというのがその席で、秋子が口火を切り別派、分家家元の披露をしてしまったからである。

前以て、その申入れをしていた紋之助でさえも、これには吃驚《びっくり》してしまった。秋子は流派の主だった者が全員集まったところを見まわして、

「この度、関西の紋之助さんから、梶川流の別派を立てたいというお申入れがありましたので、大会にはその披露の口上《こうじょう》を一幕入れなければなりませんが、私の考えでは午後の部の第一番に口上を出したいと思います。いかがでしょうか」

驚いたのは紋之助ばかりではなかった。うすうす関西方の動きを察していた連中も、秋子がいきなりそれを決定したものとして言い出したのだから面喰らった。だいたい、いかがでしょうか、という問いかけは、紋之助の考えについて皆さんいかがでしょうかという形になるべきものであって、プログラムの順序などで問われるのは本末転倒も甚だしい。この不満は当然集まっていた誰の胸にも湧き上ったから、寿太郎は代表格で大きく抗議することができた。

「異なことを承るものですな。誰がそんなことを許可したのですか」

「私が許可いたしました」

眼を疑ったのは、寿太郎だけではない。慎ましやかな家元夫人が、まるで人々の前に立ちはだかるように、猛々しい闘志を抱いて、胸を張り、どんな非難も攻撃も弾ね返す

勢いでいるのを、人々は信じられないものを見るようにして見なければならなかった。

寿太郎が、年の功で、一番先に苦笑をした。彼は、笑いながら言った。

「そんなことを、奥さん、そんな、別派家元を立てるなどというのは、重大なことですよ。お一人で、そう簡単に決められては困りますな。はっきり申して迷惑です」

「重大なことだと言うのは分っております。けれども許可というのは、もともと簡単なことなのですわ。たとえば寿太郎さん、あなたが大会の日に、プログラムと一緒に別派宣言を配られるとしたら、じゃあそれはどういう形の許可をもらえるんですの」

「なんのことですか」

寿太郎は、もう顔色を変えていたが、すぐに居直って問い返した。同じことを計画していた千春も、秋子の隣で腰を浮かしていた。他の門弟たちも、いきなり幕を切って落したような場面の展開に、息を呑んでいる。

「はっきり申上げておきますわ。家元の亡い後は、私が家元です。私はそのことに気がつくのが遅すぎました。そのために、皆さんに不安な思いをおさせしたことには責任を感じています。主人の子供は、どの子もあくまでもまだ子供で、先のことは分るものではありません。家元は今日ただ今の家元でなければなりませんのに、私は気がつくのに遅かったのです。でも、結果的には、その方がよかったのかもしれません。別れるものは、引止めたら出て行くでしょう。紋之助さんは率直に別派を立てて独立なさると仰言ったのですから、快く披露して上げるのが私の役目だと思いました。寿太郎さんが迷惑と仰言るのは、どういうことなのか、うかがいましょう」

用意していた言葉の上に、いざというときの度胸がすわって、秋子の論理は明晰《めいせき》で人々を圧倒していた。寿太郎はしかし、これで負けていられる場合ではなかった。

「私はです、あくまでも梶川流は分裂すべきでないと思ってるのです。代々の家元が築きあげてきたものを、ここへ来て二つにも三つにも裂いてしまっては梶川流の勢いも殺《ひき》ぐことになりましょうし、第一が世間の物笑いです。紋之助さんにも考え直して頂きたい。私が迷惑と言いましたのは、こうして頑張ってきた我々の努力が、一人でも別派を立てるということになれば、みんな水の泡だったということになるからですよ」

紋之助は、しかし平然として切返した。

「ほなら、寿太郎お師匠はんが内々で家元のお子を仮家元に披露するというお話はどういうことになりまんのか、聞かせて頂きたいですな」

「それは噂でしょう」

「へえ、噂でんな。しかし火のないところに煙は立てへんのですやろし、噂が本当か嘘かちゅうことは、この際、寿太郎お師匠さんのお口から、はっきり聞かせて頂きとおます」

「私の考えは、まだ発表の時期ではありません。梶川流大会のすんだ後のことです」

「そうだっか。ほならまあ私とこは関係おまへんな。私とこは大会で御披露させて頂けば、あとは独立でやらしてもらいますさかい」

紋之助が取澄まして言うので、寿太郎の方は慌てぎみになった。

「私は大阪の人のように抜き打ちにやることは性に合わないのですよ」

「それなら寿太郎さん、あなたのお考えをここで皆さんに仰言って、御相談なさったら。いい機会じゃありませんか」

秋子に冷静にきめつけられると、寿太郎もいつまで勿体《もったい》ぶってはいられない。

「私は、あくまで梶川流は一体になって進まねばいかんと思っています。そのためには、家元が花という名を許されたお嬢さんを中心にして、みんなが挙国一致の精神で団結するべきだと思うんです」

紋之助がせせら嗤《わら》った。

「なんや、戦争中のようになってきましたなあ」

一座には寿太郎の考えに対する無言の不満が漲《みなぎ》っていた。それを口に出したのは、さっきから躰を震わせて機会を待っていた千春だった。

「私は嫌だわ、そんなこと。梶川花のことなんか、兄の生前に一度だって聞いていないんだから。碌に踊れもしない子の下風に立って、どうやって一致協力が出来るのかしら。寿太郎お師匠さんの考えは、無理よ、実現不可能だわ」

それから秋子の方に開き直って、言った。

「姉ちゃん、紋之助さんにも許可したのだったら、私にも許可して貰えるわね。私は分家するつもりよ」

予期していた出来ごとだったから、秋子は少しも動じなかった。

「ええ、結構だわ。その代り、大会当日ビラを撒くのはやめて頂だい」

釘を刺されて、ぎくりとしながら千春は言い返した。

「披露口上がつくのなら、そんなこと、する必要がないじゃないの」

秋子は、一座を眺め渡した。

「残りの方たちは、寿太郎さんの御意見に御讃成なのでしょうか」

多くは中年を過ぎた女たちであった。しかし紋之助や千春ほどの野心も自信もあるわけではなく、かといって寿太郎に牛耳《ぎゅうじ》られるのもまた潔しとしない人々であった。

「奥さん、このままじゃあ、ちりぢりばらばらになっちまいますねえ。なんかいい考えはないですかねえ」

「さあ、私は別派や分家ができることを、悪い考えとは思わないんですよ。国立劇場ができると、日本舞踊は家元だけが加入できるそうですから、そうすると梶川流からは少なくとも三人が顔を出せるんですよ。踊り手がふえるのは結構なことなんじゃありませんか」

この詭弁《きべん》に似た論理は、しかしこの場の人々の愁眉《しゅうび》を開く効果だけは持っていた。その一言で一座にふわりと気楽な空気が生れ、囁きがあちこちで聞かれ出した。

「奥さん、あなたは」

寿太郎が呆れたように言い出した。

「あなた何を考えていられるんですか。少し自棄《やけ》を起しておられるのではないですか。国立劇場だけが舞台ではなし、梶川流の将来について、もっと責任を持って頂きたいものですな」

「皆さんが別派や分家を立てるのは、梶川という名を守る気があるからでしょう。それなら梶川流は消えてなくなりませんわ。そして私は宗家家元を守るつもりなんです。残っておいでの方々が、寿太郎さんにつくか、私の方について来て下さるか、これからが観ものかもしれませんわね」

あっと声を出して驚く者もあった。秋子が誰も引止めようとしないのは、この場合見事という他はなかった。勝負は誰の眼にも明らかだった。寿太郎に反感を持つ人々は多く、秋子を頼もしく思う人々は更に多かった。

寿太郎は、憤然として言った。

「そうはっきり仰言られたのでは、私も出て行かざるを得ませんな」

「どうぞ。梶川花の分家家元披露は、私がして差上げますわ」

「いや、私が分家しますよ」

寿太郎が追い詰められた形で本音を吐くのを、秋子は冷笑して言った。

「寿太郎お師匠さん、あなたは血縁でも何でもないのですから分家は御無理ですわ。紋之助さんと同じように別派になさらなくては」

こういう経緯があって、秋子は梶川流大会の真正面に躍り出たのであった。紋之助の決定も何も、秋子の独り舞台になった。紋之助は満足しきっていて、意外なほど秋子を立てたし、千春も一本とられた形で、後の運びには異を唱えなかった。ひとり寿太郎が無念の歯がみをしていた。彼の追随者が、全く尠《すく》なかったからである。美津子と、故家元の生母と、梶川花の三人は、土壇場で振捨てられた恨みから、稽古にも顔を見せなくなった。しかしプログラムには梶川花の演目は一番きちんと刷り込まれていて、舞台稽古の当日この三人の女たちが秋子の陣営に組みこまれていることは明らかになった。

「秋子には本当に驚いてしまう。温和《おとな》しいかと思えば、ずばりとやるし、怖ろしいような、情の深いような、やっぱり頭がいいんだねえ」

寿々が舌を捲いていた。賤機の稽古衣装をつけているとき、秋子が通りかかったのを呼びとめて、

「秋子に船長を頼むんだったよ」

と、往生際の悪い愚痴をこぼした。

事務の運営には糸代と美津子が当っていた。二人とも同門の内弟子上りだから、気が合わなくても、運びの呼吸は分っていて、黙々と実によく働いていた。糸代は幼いころから仕えてきた秋子の颯爽たる指揮ぶりに、まるで乳母のように感激し、美津子は今初めて本妻に対する二号の敬意を身につけていた。

米小村も引込んではいられない場合で、歌舞伎座の稽古場にも、家元の家の居間にも、こまめに顔を出し、糸代と美津子の仲間入りをしている。

「奥さまが、こんな偉い方だとは知らなかったわ、正直な話。梅弥は幸せですよ」

糸代も美津子も深く肯きあい、糸代は、我意を得たように、

「そりゃもう、昔から違ってましたもの、ねえ美津子さん」

と言えば、

「本当に私も廻り道をしてしまって、面目ないわ。三重子もすっかりお世話になってしまって。家元の顔も、私の顔も、みんな立てて下さったのだから、私はもう有りがたいだけなの。寿太郎お師匠さんが自分が家元になると言い出したときはもう胆《きも》が潰れて、どうなることかと思ったのに」

と繰言《くりごと》をしている。

「それはそうと、梅弥ちゃんは、まだですか」

「ええ、予定日は昨日だったんだけど、初産だから遅れるかもしれないわ。だけどもう

大安心だって言ってるんですよ」

「本当ねえ、結局のところ、一番いいお弟子は奥さまのところへ集まっちゃったのだから」

「実力者だったのよ、もともと」

「そう。千春さんも、ぬかったわねえ」


舞台稽古のとき、千春は醜態をさらした。各流の家元を集めたまでは上出来だったのだが、揃った稽古ができていず、この日でさえ雲井流の家元雲井仙鶴は仙台に出張稽古でまだ帰京していず、不参加だった。代役に立っていたのは秋子の新作を書いた小金頼近の夫人である雲井いとであったのも皮肉だった。秋子の独舞と違って、千春のは仰々しいスペクタクルで、大道具が幾杯も変るのに、その転換がスムーズにいかず、千春はもう狂乱状態になっていた。

「なんだか、お気の毒で見ていられませんわ」

と言いながら雲井いとが秋子の傍に寄って来た。ちょっと迷惑な場合だったが、秋子にとっては作者夫人だから、むげにあしらうわけにもいかない。

「何もかも一人でやっているのですから」

「内山さんが見えていますわ」

耳打ちされたが、秋子は挨拶に行ったものか迷った。梶川流の後援者として遇するべきか、妹を愛人としている財界人に対して頭を下げるべきか。

「あらお帰りになるようですわ」

雲井いとが、さっと身を翻《ひるがえ》すようにして内山社長を送りに行ってしまった。秋子には、これが舞踊界なのだという会得が残った。切符はプレイガイドでは売れないのだ。出演者には割当てられた切符をさばく義務がある限り、金持には胡麻《ごま》をする風習は消えてなくならないのだろう。秋子自身も今日の今日まで菓子折を下げて、幾軒の玄関まわりをしてきたかしれなかった。舞踊家は、踊るだけではやっていけないのであった。発表会を持つためには、会場の確保から始まって演目の決定から稽古から切符売りまで、その間の雑務一切も含めて大変な労働であった。

明日の発表会までに、総ての精力は使い果されてしまうのではないか、と秋子は思う。しかもなお、秋子は緊張し続けていた。私は明日、家元になる。もはや誰一人文句を言う者もないところへ、私は私一人の力で漕ぎつけるのだ。

お前に船長をやってもらうのだった、と寿々がこぼしたのが、秋子にとって最初の勝利感であった。長い長い間、妹の千春に偏っていた母の愛を、秋子は遂に見返したのだ。家元の妻ではなく、家元の実力を備えることによって――。

秋子は、今実感として、一門を把握しているという確信を持っていた。紋之助、千春、寿太郎という不穏分子を悉《ことごと》く一掃した後では、もうわずらいは何もないと思われた。

「奥さま、いま連絡がありまして、始まったらしいんです」

「え？」

「梅弥です。陣痛です。私はすぐ病院の方へ参りますから」

「生れたらすぐ教えて頂だい」

「はい。初産ですから、お産は明日になると思いますよ」

「じゃ、大会当日じゃないの？」

「そうですよ。梅弥も心得たものですわ。後で褒めてやって下さいまし」

米小村はいそいそと飛び出して行った。秋子は腕時計の針を読んで、もう今日の時間は二時間ちょっとしか残されていないのを知った。明日はもう眼の前に迫っているのだった。輝かしい明日という、秋子にとって新しい世界の第一歩が、もうそこに来ているのだった。

舞台稽古が全部すんで家に帰ると二時を廻っていた。待っていた明日がもう始まっている。横になってみたが寝つかれないので、秋子は外出着に着替え始めた。糸代が出納帳の書き入れをしていて、様子に驚いて訊いた。

「奥さま、今からどちらへお出かけです」

「梅弥ちゃんの様子を見てくるわ。気になって寝ていられない」

「そんな。夜が明けたら人の十倍忙しいお躰ですのに。生れたら知らせて来ますよ」

「そのとき行けないかもしれないじゃないの。だから」

秋子が言い出したらきかない女になっているのを糸代が一番心得ていた。お早くお帰り下さいと言って、彼女は素直に送り出した。

秋子が未経験で気を使わなかったので、梅弥はごく手近な産科医院に入院していた。粗末なバラックだったが、幸い個室はとれたらしい。嬰児の泣き声が、静かに寝静まった病院の中で時折華やかに聞える。廊下を歩いて、まだ梅弥の部屋に行きつかないうちに秋子の耳には凄まじい唸り声が聞えてきた。けものの吠《ほ》えるような、異様な呻《うめ》き声が梅弥のものだと気がついたとき、秋子はのけぞるほど驚いたのだが、産婦はまだ産室に運ばれていず、中年の看護婦が一人傍についているだけだった。

「大丈夫、梅弥ちゃん。先生は知ってらっしゃるのね。誰か呼んで来なくていいの」

せきこんで問いかける秋子に、物なれた看護婦は、

「まだ四、五時間も先のことですから」

と平然として言う。

「でも大変な苦しみ方じゃありませんか」

梅弥は歯を喰いしばっていて、唸り声は口からでなく腸がよじれて全身から滲《にじ》み出るもののようだった。秋子が部屋にいることを見ても見えないらしい。ベッドの上に坐って、右腕で脇腹を押え、左手は背中に当てながら、海老《えび》のように躰をしなわせて苦しん

でいる。腹部がもうはち切れんばかりに大きいから、その有様はまるで地獄絵だった。

「いいんですか、ほっといて。お医者さまはどうしているんです」

「まだ七分おきの陣痛なんです。誰でもこんなものなんですから」

言っているうちに陣痛は遠のいたらしくて、梅弥はけろりとして秋子を見ると、

「すみません、お忙しいのに。まだまだなんですって」

と言った。

「まあ大変な苦しみ方だから、びっくりしちゃったわ。大丈夫なんでしょうね」

「ええ、痛いって聞いてたけど、聞きしにまさる痛さね。でも、こんなものじゃないんでしょ、産むときは」

梅弥が顧みると看護婦は肯いて、

「そりゃもう。滝のように汗が流れ落ちるし、障子の桟《さん》が見えなくなりますよ。命とひきかえぐらいに思わなきゃ生れて来ませんよ、ええ」

と、怖いことを言う。そう言いながら、リンゴの皮を剝きにかかっていて、一切れ剝き終ると梅弥の手に持たせた。

「さっき吐いちゃったのよ。食べたくないわ」

「食べなきゃ力が入りませんよ。赤ちゃんのために食べて下さい」

「はい」

梅弥が素直に言うことをきいて、前歯で噛んだ。秋子はもうすっかり事態に動転しているのに、梅弥の方は覚悟も度胸もできているのか落着き払っていた。

「麻酔をかける方法はいくらもあるんでしょう」

楽に産める方法はないものかと秋子が言いかけると、

「ええ、でも副作用の出たときが怖いですからね、薬は。なんといっても正常分娩が一番自然です。子供の産ぶ声の聞けないお産なんて、バカみたいですよ。苦しんでも、産んだ途端に報われるんですからね。どんなに痛くても、あの生れたとたんのいい気持には変えられませんよ。もう怖いものは何もないって思いますからねえ」

看護婦は自分も経験者なのか、感動をこめて語り、梅弥は黙って先輩の言葉を聴いている。局外者や未経験の者には入りこめない世界が、そこには展《ひろ》がっているようだった。間もなく米小村が梅干の入った握り飯を持って帰ってきた。自分で握ってきたのか、赤い手をしている。

「さ、お上りな。元気を出して、力を出すんだからね」

梅弥が起き上って、大きな握り飯を口に当てたとたん、

「うッ」

また陣痛が起った。看護婦が腹部に当ててタイム・ウォッチを見る。

「お義母さん、背中押して下さい。痛い、痛い」

修羅場だった。秋子は茫然として、米小村の挨拶も聞き流して病室を出た。産みの苦しみというものをまの当りにして、秋子には言葉もなく、ただ巨大な鉄槌が頭上に打落されるような衝撃を受けていた。

一つの流派を分裂させたり、統合したり、家元になったり、会をひらいたりすることと、この一つの生命を産むための苦闘とは、どちらがより凄まじく、どちらがより重要なことかという問いかけが躰の中に嵐のように起ってくる。

「睡眠薬はないかしら」

帰って、そう言うと糸代が驚いて、

「そりゃ眠らなきゃいけませんけど、薬はいけませんよ。お握りでも作りましょうか。眠る前にお腹つくるとよろしいですよ」

と言った。すぐ梅弥が食べかけて唸り声をあげたときのことを思い出した。

「食べたくないわ。ちょっとでも眠りたいのよ。薬ない？」

二度言われて糸代が不承不承に自分の手筥《てばこ》から神経安定剤を出してきたのには驚いた。糸代がそういうものを持っているとは思いがけなかったからである。しかしその薬は秋子の体質に合わなかったのか、それとも糸代が少な目にしかくれなかったせいか、あまりききめはなかった。秋子は寝具の中で、殆どまんじりともせずに夜を明かした。全身が熱い。それはまるで再婚の初夜を迎える花嫁のようであった。秋子は、これから何が始まるのか充分に知っていた。

その日は、早くから始まっていた。顔を洗った瞬間から、もう目くるめくような一日だった。

「今日は、おめでとうございます」

糸代はお早《はよ》うの挨拶代りに、もうそんなことを言った。内弟子たちも、みんなそれにならった。家の中も、劇場も、人が駈けた。みんな走り廻っている中で、秋子一人、落着き払っていた。誰もが、秋子一人のために忙しく立ち働いているように思える。

「梅弥は、どうなったのかしら」

気懸りは、陣痛の苦しみの中にいた若い母親のことであった。もう十時間の余を経過している。

「生れたら、すぐ連絡がある筈ですわ」

「でも、電話だけでもかけてみて頂だい。気になるわ」

「はい」

糸代が、この日は文字通り股肱《ここう》となって働くつもりらしく、秋子が口をきくと、いつもすぐ傍にいてこまめに用を足した。小さな問題は、秋子の裁可を仰がずに処理している。秋子が今日は踊るのであり、そのためには余計な神経をたてさせまいとする配慮があった。幼いとき手塩にかけてくれて以来、必要なときには忽然《こつぜん》と現われる糸代を、秋子はこのときほど有りがたく思えたことはなかった。

「米小村の女将さんが出て、まだですけれども心配ないって言ってました。初産は、二日も三日もかかる人、ザラなんですよ、奥さま」

「あんな苦しみが、二日も三日も続くなんて、死んでしまうわ」

はっとして秋子は口を噤んだ。とんでもないことを口走っている。落着いているつもりでも、感情がこれだけ高ぶっているのかと思うと、心をよほど引締めていなければならないときなのだと悟った。

文金高島田のかつらを冠り、金糸で梶の葉を総刺繡にした半衣装をつけると、秋子は踊り板を敷きつめた舞台の中央に正座した。位置は前日に定めてあった。秋子の両側には成駒屋を初め雲井仙鶴以下、各派家元がずらりと並び、その両端に七寸下って左脇に紋之助、正、梶川花。右脇に千春、その隣に寿々。それから右端に寿太郎。その背後には一門の主だった者が正装して居流れる。幕が上る前の、彼らの緊張は観ものだった。

紋之助は今日一番に秋子の楽屋に挨拶に来ていた。千春も、黙って、頭を下げに来た。寿太郎は、一番後でのっそり入ってきて、無念の表情のまま、

「本日は、よろしく」

両手をついた。

口上のときの台詞を、誰も聞かされていないからであった。成駒屋を初め、他流の家

元たちは故猿寿郎の追善の口上に出るわけだが、分家別派の披露は、秋子が一人ですることになった。一門の中のことだから他流の人の力を借りるわけにはいかないからである。そして披露される寿太郎以下の面々は、その儀式の間中は沈黙している義務がある。秋子が何を言うのか分らない以上、彼らが不安に襲われるのは当然であったが、その間隙《すき》に、秋子の宗家家元としての地位が確立していることに気のつく者はまだなかった。

腹の奥にしみこむようにベルが鳴って、分厚い緞帳《どんちょう》がゆっくり上り始めた。客席から拍手が送られる。

「一段高うはございますが、口上を以て申上げ奉ります。梶川流八世家元猿寿郎儀、この春不測の事故にて永眠いたしましてより早くも半歳相経ちましてございます。残された門弟は突然親を失った雛のように悲しみ、一時は途方に暮れるかと見えましたが、幸いにして梶川月を中心に結束いたし、今日の会まで運びました。亡き猿寿郎君もさだめし安心しているであろうと、私ども友人一同ほっとしている次第にございます」

成駒屋だけが役者の正装で上下《かみしも》をつけていた。彼が宰領格になって追善口上を述べ、家元が次々と手短かに猿寿郎の思い出を語っては頭を下げる。これでは千春の新作に彼らが出演するときは、千春の分家の祝いのためでなくて、猿寿郎追善のためのつきあいとしか思われまいと秋子は思った。そういうことに気のつくのは、秋子がこれから大きな口上を述べるというのに、充分冷静な証拠であるのに違いなかった。追善口上が終ると、拍手の中で一同が平伏し、やがて秋子一人が顔をあげた。まさかこうした口上で女が口をきくとは思わないから誰も手を叩かない。それはこの場合、一層効果的であった。

「唯今は私主人が生前の御厚誼頂きました皆様方の、お心温かいお言葉を有りがたく身にしみてうかがいましてございます。不束《ふつつか》ながら今日より私が梶川流を預からせて頂きます、何とぞ倍旧のお引立てを頂けますように、伏してお願い申上げます」

口上というのは、つまりこのことだったのかと、観客は驚いたのか、激しい拍手が湧き起って、しばらく鳴りやまなかった。

「さて私ども門弟の中で、長年の修業が稔り、独立いたすものが出来ましたので、この機会に御披露申上げます。梶川千春儀、この度梶川流分家家元と相成りましてございます。また梶川紋之助儀、ながらく関西にて研鑽いたしておりましたが、この度別派をたてましたので、ここに梶川流別派家元の御披露を申上げる次第にございます。更に、梶川寿太郎、梶川流の長老役として家元生前から梶川流のために尽して参りましたが、やはりこの機会に別派を立てたいと申しますので、快く許しましてございます。皆々さまの御寛恕《ごかんじょ》をもちまして、今後とも三人の前途を見守ってやって頂きとう存じます」

梶川流の内情に通じていない観客たちは、この淀みない口上に呆気にとられて、儀礼的に拍手することさえ思いつかない様子だった。千春や寿太郎たちはといえば、もっと茫然とさせられていた。秋子の言葉はあまりにも流暢《りゅうちょう》で、どこで顔を上げていいのか戸惑ううちにもう他の者の披露に移っていたという具合である。秋子は完全に彼らを押えつけていた。

「かように申上げますと、お聞きの皆様の中には梶川流に何か面白くないことでもあって分裂したのではないかと御心配なさるむきもおありかと存じますので、もう一言だけつけ加えさせて頂きます。亡くなりました私の主人八世猿寿郎まで梶川流代々は、一本の梶の木を太らせることに専念してまいりましたのが、ようやく根分けの時期に入りましたのでございます。おそらく主人存命でございましても、いつかはこうした御披露を申上げるときがあった筈と存じおります次第でございます。分家別派ともに梶川でございまして、根分けはやがて梶川の栄えのためと信じております。何とぞ私ども宗家同様、御贔屓《ごひいき》お引立てのほど、隅から隅まで、ずいと、こい願い上げ奉ります」

最後のきめ言葉で秋子が声をはり上げると、観客席から初めて嵐のような拍手が、まるで秋子めがけて襲いかかるようだった。それは分家別派披露にではなく、秋子の家元としての勝名乗りに対して捧げられていることは誰の目にも明らかであった。紋之助も、千春も、寿太郎も、顔色なく、しかも誰もここで不平を言うことは何もなかった。

秋子の口上は誰も傷つけず、水も洩らさない見事なものであったのだから。

口上の幕が降りて、楽屋に引取ると、もう秋子は新作「月光」の準備にかからなければならなかった。化粧も青眉に変える必要から一度はすっかり落さなければならない。

そうしている間も、部屋には次々と来客の絶え間がなかった。

客が、楽屋見舞を持って来る。この場合は御祝儀のことだから、鄭重に挨拶して受けねばならない。弟子たちが次々と祝いにくる。この場合も菓子折に祝儀袋がついている。

糸代が肌身離さず持ち歩いている大型のハンドバッグが忽ち妊婦のようにふくれ上った。

「いい口跡だったね、驚いたよ」

漁夫の扮装をした成駒屋が入ってきた。

「当節の舞台女優にだって、あれだけ台詞のこなせるのはいない。なんてェ度胸だろうね、驚いたよ、まったく」

「どうも畏れ入ります」

秋子は、にんまり笑って頭を下げた。半分はお世辞なのだと知っているからである。発声練習は、清元などの稽古が多少役に立ったかもしれないだけで、碌にやる時間もなかったのだ。

鏡の中で、白く塗り潰した眉の上に青く黛《まゆずみ》を伸ばしていると、急に華やかな匂いが背後からかぶさって来た。

振返ると、天女《てんにょ》の扮装をした梶川花が、寿也と美津子に助けられて入って来ていた。きちんと坐って、畳に手をついて、

「お願い致します」

と言う。それは家元に対する挨拶であった。薄桃色の透けた衣をきた三重子は、若い娘の肉体に最もふさわしい衣装を着て、花のように美しかった。

「まあ、綺麗だわ。しっかりおやんなさいね」

「はい」

「さあ、成駒屋さんに御挨拶して」

三重子がお願いしますというとき、秋子も一緒に頭を下げた。

「いい親娘だねえ」

成駒屋が、二人を見較べて言った。生母の美津子がすぐ傍にいるのに、誰も特別のことは思わずに肯いていた。当の美津子でさえ有りがたそうな顔をしている。間もなく時間がきて、「羽衣」の連中が出て行くと、秋子は糸代を顧みて言った。

「病院からは、まだなんとも言って来ないの？　ちょっと電話かけて頂だいよ」

「大丈夫ですよ、生れたら知らせがくるにきまってますから」

「でもかけてみてよ。気になるじゃないの」

梶川花が実の娘にも見えるなら、これから生れる子はまあどれほど深い因縁を持っていることになるだろうか。秋子はもう待ちきれなかった。

梶川流大会は、午前十一時から始まる昼の部と午後六時から始まる夜の部とに分れていた。口上はどちらにも初めの方に同じものがつく。秋子の梶川月は昼の部の喜利《きり》から、三番目に新作「月光」を踊った。

その二番目に千春の新作が出て、これは秋子たちの予想通り各流家元の顔を揃えながら出来栄えは惨憺たるものになっていた。どの家元の顔も立てなければならないものだから、主役であるべき千春の影が薄くなったばかりか、ひどく纏まりを欠いて、バラバラのものになってしまい、観客の印象に残ったのはＮＴＯの内山社長のお声がかりでテレビ局の大道具方が総出で手伝ったという背景と小道具の出し入れが、かなり凝っていたのと、転換があざやかだったことである。それだけに、その前で踊る人々の醜態は際立つことになった。事情に明るいものから見れば、千春の動きの細やかさだけは、さすがに一派を立てたがる達者さはあるということになっただろう。しかし、楽屋での評判は、さっぱりだった。

「みっともないっちゃありゃしない。あれで家元だなんて、聞いて呆れましたよ」

糸代が、せかせかと楽屋に戻ってきて言った。彼女は、もうこれ以上はパンクしてしまいそうにふくれ上ったハンドバッグを後生大事に抱えたまま、その恰好で客席に出かけて行っていたらしい。

「そんなこと、言うものじゃないわよ、糸代さん。私の妹じゃないの」

「妹だなんて、奥さまは人がよすぎますよ。妹なら姉につくのが当り前で、今度の大会だってこちらに手伝いに来るべきじゃありませんか。自分の名ばかり売ろうとするものだから、あんな結果になったんですよ、いい気味だ」

「滅多なことを言わないでよ。それが私の言ったことだと聞えたらどうなると思うの」

「どう聞えたって、千春さんはもう駄目ですよ。客席にはジワは来ないし、終ったって拍手なんて、そりゃパラパラと却って気の毒なくらいしか聞えませんでしたよ」

ジワが来るというのは、観客が舞台の芸に魅せられ、全員が身をのり出し、息を止めて見守るときの状態を言うのである。糸代はもう勝ち誇っていた。

秋子は、丁度着付けを終っていたところであった。小豆色《あずきいろ》の古風な石持《こくもち》にしたのは、地唄舞とは衣装の区別をつけるためである。布地を石持の常識を破って地紋のない綸子《りんず》にしたのは、月光を擬した照明の効果を考えた上でのことであった。紅を薄くし、殆ど蒼白い化粧にしてあるのは、小豆色の反射が頬を染める筈だという計算だ。

ただ一人で踊るのだから、千春の場合とは全く対照的に細かいところまで神経が行届いている。鬘下《かつらした》の紫の布で頭をきっちり押えつけた顔は、鏡の中で眼ばかりぎらぎらと光らせていた。それはもう、血縁の妹が、どうなろうと心を少しも揺すぶることはない強い強い意志を漲らせていた。

舞台に立ち、水を打ったように鎮まり返っている観客の前で、秋子は無心に舞い踊った。夫に忘れられている妻の悲哀という主題の中で、秋子はしかし悲しむことを意識していなかったのだ。そこには、明らかに悲哀に酔うものの倒錯した喜びがあったが、秋子自身は気がついていなかった。

僅かに念頭にあったのは、あの、初代梶川月が、代々の梶川月のために封印して残した墨絵の猿と水月の図柄であった。腕の長い猿が、片腕で木の枝にぶら下り、片腕で水に映る月影を掬《すく》おうとしている愚かな絵。秋子は、彼女の流儀の名の通り、自分は月なのだと信じていた。家元という名の猿たちが、どんなに掬いとろうとしても、水の月は姿を掻き乱したところで、空の月は煌々《こうこう》と冴えわたっている。小金頼近の舞踊台本は、終幕にその月光をこの上なく美しく描写していた。曲も名曲がついて、秋子の身も心も、舞台に仮構された月光を浴び、恍惚《こうこつ》の中で虫の声の次第に消えていくのを聴いていた。

厚い緞帳幕の向うから、随分時間が立って、強い拍手が、決しておざなりのものではない感動の拍手が送られてきた。大道具方がすぐ舞台に上ってきて、背景を取換え出したが、秋子はしばらく中央の踊り板の上に坐ったまま、躰の中に叩きこまれるように、その拍手を聴いていた。

これだ、これなのだ、と思った。私の求めていたものは、これなのだ。楽屋内にどんな不愉快がとぐろを巻いていても、そのためにどんな辛い想いをしようとも、この拍手が聞けるものならば、家元になるのは素晴らしいことではないか。

千春はすでに脱落した。寿太郎と梶川花は分裂し、一方は秋子の許に身を寄せている。残るのは紋之助と、成駒屋の預かっている正という男の子だった。さあ、来るがいい。

秋子は闘志をもって立ち上り、舞台を降りた。

楽屋には、小金頼近夫妻が、もう詰めかけてきていた。

「結構でございましたわ、奥さま」

雲井いとが言うのを、小金はすぐたしなめて、

「おい、家元と言えよ。新家元の十八番が生れた日なんだぞ」

作者として、彼はもう全く満足しているのであった。

「驚いたね、正直言って。女のしぶとさってのを、これだけ踊って見せる舞踊家がいようとは思わなかったよ」

「まあ、しぶといだなんて、それで褒めてるつもりなんですのよ。悪くおとりにならないで下さいましね」

雲井いとが、少し莫迦《ばか》なのか、あるいは妬み心でか、くだらない注釈をつけ加えるのを、小金も秋子も黙殺していた。秋子は正座して小金頼近の顔を見詰め、小金も瞬きをせずに秋子を見返しながら話し続けた。

「日本舞踊は歌舞伎から派生したものなんだ。いまもって女形の芸の伝承だったんだ。それが、やっと今日、女にしか踊れない舞を生んだと思ってね、僕は感激してるんだぜ、分るかい」

「…………」

「しかし、驚いたなあ。梶川の生きている間に碌に踊る機会もなかったのに、よく作の心が摑めたね。いや、僕が考えていた以上の出来栄えだったよ。僕は女の悲しさを書いたつもりだったのに、君は悲しみの極みで遊んでいたんだ。それは君、芸術の極致じゃないか」

　最大の讃辞だった。

　秋子は嬉しいというより茫然としていた。返事のできるような、そんな場合ではなかった。

「橋本先生が、絶妙ですな、と言っておられたぞ。君、絶妙なんて言うのは、僕らのような作家は一生に一度聞けるかどうかという褒め言葉だぜ。橋本雅竜に絶妙と言わせたんだぜ、梶川月は」

「芸術院賞は確実ですわね」

　雲井いとが、尤もらしい顔をして、こういう相槌を打ったものだから、小金頼近は俄かに不機嫌になってしまった。

「莫迦なことを言うな。だからお前は駄目なんだ」

「どうして莫迦ですの。あなたも、たった今そう言っておいでになってたじゃありませんか」

「黙れ」

「だって、あなた」

「黙れと言ったら黙れ、莫迦な奴だ」

小金夫婦が出て行くのと入れ違いに、成駒屋が山姥の扮装のままで入ってきた。鬘を外していた秋子が驚いて振返ると、

「見たよ」

「まあ、どこで」

「舞台横《そで》で見ていたんだ。よかったねえ、誰の振付けだい？」

「誰のって、私ですわ」

「誰が手伝った」

成駒屋の眼は老女の化粧の中で、まるで怒っているように険しかった。

「誰も。振付けし終ってから、踊りを母さんに見てはもらいましたけれど、振りの方は私が全部やりました」

「ふうん」

成駒屋はまだ納得しかねる様子で、突っ立ったままだった。

「梶川の生きてたとき、お前さんが振付けを手伝ってたかい？」

「いいえ、だって私は奥にこもりきりでしたもの」

「そうだろうね。梶川の振付けとは、まるで違うからな。だけど、本当かねえ、信じら

れねえや。本当に影武者は居ねえのか」

「居てくれたら楽でしたよ、お兄さん」

ようやく秋子は余裕を取戻して微笑したのだが、役者は途端にぷいっと背を向けて出て行ってしまった。

茫然としている楽屋の中の者たちに、秋子はいきなり叫んだ。

「さあ、脱がせて頂だい。着替えるのよ。急いで！」

全身に闘志が沸《た》ぎるのが分る。

作者は褒めた。役者は妬《ねた》んだ。秋子の才能に対するこれ以上の称讃があるだろうか。

小豆色の衣装を脱ぐとき、バリバリと皮膚が剝《は》ぎとられるような痛みがあった。ガーゼの裏のついた楽屋着になって、掌にたっぷりとクレンジング・クリームをとってのばすと、秋子はその中に化粧の濃い顔を押しこんだ。

眼を閉じて、幾度も幾度も撫でまわした顔を上げて、正面の鏡を見ると、白粉《おしろい》と、紅と、墨と、黛とが混ざりあって、泥々の泥色の中に眼も鼻も口もまみれていた。舞台の化粧は、楽屋に戻ればこうなるのだ、と秋子は思った。

しばらく、その醜怪な顔を見守っていた。この醜さが、踊りの裏にある。厳然としてある。崎山勤はそれを罵倒したが、秋子は小揺ぎもしていない。この泥濘は、美しい舞台のために、むしろ必要なものなのだ。

「奥さま」

糸代が、声をかけた。化粧落しの途中で手を止めてしまった秋子に異様なものを感じたのだろう。鏡の中に、恐怖と心配を混えた初老の女の顔があった。

内弟子が捧げ持つようにしている蒸しタオルを取上げて、秋子は顔を拭った。白いタオルは一度で雑巾《ぞうきん》のように汚れたが、その代り血色のいい素肌が現われた。秋子は、鏡の中の糸代に、にっこり笑って見せた。

「私は家元ですよ、言い直しなさい」

「あ、はい、気をつけます。早くお召替えになった方がよろしいんじゃございませんか、お家元」

秋子は声を立てて笑った。

「馬鹿ねえ、そんな言い方をしなくたっていいのよ。今まで通りでいいの。何も変ったわけじゃないんだから」

上機嫌なのであった。秋子の人生で、これほど心楽しい日がかつて一度でもあったかと思うほど、心が浮かれていた。しかし、夜の部の大喜利《おおぎり》に「鏡獅子」がある。それまでは心を引締めていなければならないのであった。

何も変っているわけではない、秋子は自分に言いきかせた。私は変化したのではない。生れてから今日までのさまざまな出来事が、私を今日の私に育てたのだ。踊りがあったから、その中で幾度か紅も黛も白粉に溶けて、混沌《こんとん》として行方の分らないときが幾度かあったけれど、それが今日のこの肌を持った私に育て上げたのだ。変ったのではない、育ったのだ。

秋子は素肌の上に平素の化粧品を勢いよく叩きつけ、そして梶川流の揃いの着物を身にまとった。糸代が、内弟子に例のハンドバッグを抱かせてから秋子の背後にまわり、帯をキリキリと締め上げる。

「糸代さん」

「はい」

「病院から連絡なかった?」

「いいえ、まだです」

「電話かけてよ」

「いらっしゃるんですか?」

「生れてたら行くわ。だって、大喜利までは時間があるもの」

「でも、御挨拶にまわらなきゃいけませんでしょ」

「いいのよ、私には踊りと子供が一番なんだから」

「……はい、電話してまいります」

「米小村は来てないわね」

「いいえ、奥さまの『月光』を見てから病院に行くんだって言ってましたわ」

「いつの話、それ」

「昨日です」

「それで今日は来てたの？」

「さあ……」

「ほら、もう生れてるのよ。来てれば楽屋《へや》へ顔を出している筈だもの」

「そうですね、すぐ電話してきます」

糸代がハンドバッグを内弟子から受取り大事に抱え直して出て行ったあと、秋子は鏡の前で帯の背をポンと叩いて、裾模様の流水に梶の葉が泳ぐように勢いよく歩き出した。

楽屋を一巡して、特別出演の役者と家元のところを挨拶にまわり、観客席《おもて》へ出ると、丁度夜の部と昼の部の幕間で、貴賓室に橋本雅竜以下の人々が休息していた。

「今日はお忙しい中をお運び頂きまして、有りがとう存じました」

秋子が頭を下げると、橋本翁はわざわざ椅子から立ち上って、

「おめでとう。御盛会で何より。『月光』は、まことに結構でした」

と、重々しく言い、多くの言葉を重ねないのがいかにも橋本翁らしく、秋子は胸が一杯になった。人柄というものであろうか、小金頼近に褒められるよりも、橋本雅竜の短い言葉には千金の重みがあるようで、秋子はむしろ軽々しく喜ぶことができなかった。

このとき初めて梶川流家元の重責というものを思い、一人の舞踊家としての再出発というよりも、世の中に初めて踊り出たのだという実感を持った。厳粛な気持であった。

夜の部の露払い（一番目）の次がまた口上で、それをすますとまた楽屋と観客席を一巡し、楽屋にはいると慌しく楽屋着に着替える。招待券で配った客の中には舞踊家の出番前の状態を知らない者も多いので、化粧にかかってからも、たえまなく顔を出す人がいて、秋子はその都度叮嚀に挨拶を返さなければならなかった。

秋子は今日、新しい家元であり、しかも梶川流大会の会主なのである。

「そろそろ遠慮して頂いた方がよろしいですね。疲れたら大変ですもの」

糸代が気を使って言ったが、秋子の緊張度は、疲れという言葉も受付けなかった。

「いいわ。衣装を全部つけ終ったら、成駒屋さんと雲井の家元のところへ行くでしょう？　部屋にはいなくなるわけだから、大丈夫ですよ」

秋子は女小姓弥生の扮装にかかっていた。下塗りの段階で、自信と確信に溢れた秋子の筆使いは大胆であった。瞼にも頬骨の上にも色濃く紅を刷いた。眼が次第に熱っぽい光を帯びてくる。

「姉ちゃん！」

千春が転がりこんできた。「賤機帯」が終って、舞台から秋子の楽屋までそのまま駈けこんで来たらしかった。船長の扮装のままで、頭の頭巾も鬘もそのままだった。秋子の膝にすがりつくよう突っ伏すと、わっと哭《な》き出した。

「どうしたの、千春ちゃん」

「母さんが……」

「母さんが、どうしたの」

「幕が降りた途端に、私に怒鳴りつけたのよ。あんな、怖い、母さん、見たことなかった……」

「泣かずに、ゆっくり話しなさいな。なんと言われたの」

「腕が落ちたねッて」

「え？」

「私は、私は、一所懸命やったわ。だけど新作が、姉ちゃんのと違って大変だったでしょう。だから母さんとは、あまり稽古ができなかったのよ」

「うん、知ってる。母さんも知ってたわ。千春は一人で何もかもやっているんだから可哀そうだって言ってたわ」

「だけど、怒鳴ったのよ。いきなり、腕が落ちたねって。私には秋子の方が可愛いいって。娘は、あの子だけだって。一度だけだけれど間を外したのは、そりゃ私が悪いけど、地方《じかた》さんたちの前で、いきなり怒鳴らなくてもいいじゃないの。ひどすぎるわ。私だって分家の家元になったのよ。あれでも親かしら、姉ちゃん。姉ちゃんも、やっぱり私を突き放すつもりなの？」

　寿々に突き放されて、千春は逆上したのに違いなかった。それでなくても取乱しがちだった新作発表のあとで、一緒に古典を舞った母親から長唄三味線連中の前で罵倒されたのだ。千春が半狂乱になるのも無理はなかった。それに、秋子は一人で一部屋を使っているけれども、千春は寿々と楽屋が相部屋なのである。居場所がなくて、それでさっきまで仇敵視していた秋子のところへ飛び込んできたのであろう。

「私でいいのなら、泣きたいだけ泣いてなさい。私は誰も突き放さないわ。あなたが分家するというから、止めなかっただけのことなのよ」

「ご免なさい、姉ちゃん、許して」

　千春は、またひとしきり泣きじゃくった。涙で砥《と》ノ粉《こ》で赤い化粧が、さっきの秋子の顔より醜く泥々になった。

「まあ化粧《かお》を落しなさいよ、千春ちゃん」

　秋子は、ますます落着きはらっていた。内弟子に指図してタオルをしぼらせ、クレンジング・クリームは自分の分を蓋を取って渡してやった。千春は嗚咽《おえつ》しながら、言われた通りに化粧を落している。秋子はそれを見守りながら、幼いころ小学校の千春の勉強を見てやっていた頃を思い出した。二人は、あの頃と、実は少しも変っていないのではないだろうか。あの頃から、この姉妹の暮しは踊りに密着していて、ついたった今まで寿々の愛は千春にばかり偏っていたのだった。何が癇に障ったところで、寿々が掌を返すように千春を顧みずに秋子ばかりを愛することはまず考えられないし、今の二人の踊りを較べて寿々が態度を改めたところで、秋子の方は昔より大きい喜びに浸れるかどうか疑わしかった。

私には今、もう母親も妹も必要なものではなくなっている。それは、もう昔のことなのだ。「月光」を舞って再出発した梶川月は、もはや昨日の秋子ではない。私が待っている人は、梅弥の産む子供だけだ。あの子は、梶川月と共に生れ出る子供なのであった。私は一人の子供を育てることによって、暮しを支えて踊るのだ。本当に新しい生活が、今日から始まるのだ。

千春が、ときどきしゃくりあげながら秋子の弟子たちの手で頭巾をとり、鬘をとり、衣装を脱いで楽屋着に着替えている間、秋子は端然として小姓弥生の化粧を続けていた。眉の濃い、紅の濃い、華やかな顔が生れていた。眼に紅と墨を重ねて目ばりを入れると、これが点睛《てんせい》ということかと自分でも見惚れるほど意志の強い顔になっていた。

御殿女中の大振袖姿に着替え終る頃、

「病院からお電話です。米小村さんといっています」

裏の受付の老爺が、入口で大声で叫んだ。生れたのだ！　秋子は、糸代を振返り、糸代はもう飛び上って駈け出していた。事情を知らない鬘屋が、その拍子につられて急いで文金高髷《ぶんきんたかまげ》の鬘を秋子の頭に冠せた。

昔の鉄を台にしたものと違って、近頃の網鬘は軽いものなのだけれども、秋子は眼を吊るために鬘下の布テープをきつく締めていたし、鬘も小さめのものを注文して作らせてあったから、扮装が終ったときには頭も躰もきちっと締めつけられたようで、秋子は生れ変っていた。女小姓の弥生は、大奥に仕える処女なのである。「月光」の主人公とは全く別人であるべきだった。今宵は召されて、手獅子の舞を上覧に供するのが彼女の役目なのである。

時間が来ても、しかし秋子は待っていた。糸代の帰りが遅すぎる。電話で呼ばれて行ったにしては、もう電話は切れた筈であるのに何をゆっくりしているのだろう。飛び出して行ったときと同じ勢いで、駈けこんできて吉報を届けるべき場合に、いったい糸代は何をしているのか。

「糸代を呼んできて頂だい」

女小姓の弥生が、口をひらき、厳かに言いつけた。内弟子が一人、すぐ楽屋を出た。

随分待っても、彼女も戻らなかった。秋子はやむを得ず立ち上った。老女役の成駒屋と中老役の雲井仙鶴のところへ出演前に挨拶しなければならないからであった。それに、こういう重い演目は、できるだけ早く舞台に行って待つのが常識である。

糸代は莫迦で、出産の知らせをきくとすぐ病院に飛んで行ってしまったのだろう。内弟子は愚かで、そんな糸代を劇場中に探しまわっているのだろう。しかし、弥生はもう秋子でもなければ梶川月でもなくなっていた。召されて春の獅子を舞う清浄な処女の躰であり頭の中も潔斎して踊り一念になっていなければならなかった。

大喜利の幕は、やがて上った。長唄十二枚三味線十二丁。それに出囃子《でばやし》がずらりと正面に居並んで、大奥の広間は壮観だった。観衆も、昼の部の「月光」があったから大きな期待をもって梶川月の登場を待っていた。

樵歌牧笛の声、人間万事さまざまに、
世を渡り行くその中に、
世の恋草を余所に見て、我は下萌え……。

やがて下手《しもて》の絵襖が開いて、白髪の老女と掻取姿《かいどりすがた》の中老に手をとられた弥生が登場すると、待っていた人々が場面に似合わない拍手を浴びせかけた。まるでそれをきいて驚いたように、弥生は襖の向うに小走りに駈け戻ってしまう。二人の女たちは顔を見合わせ、おだやかに笑いながら、含羞《は》じらう乙女《おとめ》を再び迎えに行く。

神前に供えられていた手獅子を取ると、弥生は凜《りん》とした気品を持って舞い始める。

人の心の花の露、
濡れにぞ濡れし鬢水《びんみつ》の、
はたち鬘の堅意地も道理御殿の勤めぢゃと、
人に謡はれ結立ての櫛の歯にまでかけられし
平元結の高髷も
痒いところへ平打の届かぬ人につながれて……。

「鏡獅子」は明治二十六年に九代目市川団十郎が初演した所作事《しょさごと》である。しかし土台は江戸時代の「枕獅子」とあまり変ることがなく、曲も歌詞も同じなので、ただ初代瀬川《せがわ》菊之丞《きくのじょう》が傾城《けいせい》姿《すがた》で踊ったのを「鏡獅子」では、大奥の小姓に改作してあるだけだ。だから、歌詞も曲も、かなり色っぽい。

しかし小姓姿の娘が、手獅子で舞ううちに獅子の精が全身にのり憑《うつ》る件《くだり》にかかると、俄かに激しさと怖ろしさが舞台には溢れるのであった。手獅子が胡蝶《こちょう》に戯れて、勝手に狂い出すのに気付いたときの弥生の驚きと、恐怖。それは秋子と、踊りとの関係に酷似していたが、秋子にはまだそこまで判然とは分っていない。

生きて動き出した手獅子に抗《あらが》いながら引摺られ引摺られて花道を引込む件は、技術的にも最も難かしいところである。秋子は夢中で、その皮肉な振りと闘い続けた。躰のどの関節も無理に無理を重ねて、長い花道を辿《たど》り終ったとき、揚幕《あげまく》がさっと開いて、裏方が倒れこむ秋子の躰を受止めた。送られた拍手も耳に入らないほど、秋子は緊張が俄かにとけて放心していた。

弥生の消えた舞台は、すぐ胡蝶の巻に変り、梶川花と、大阪の正が同じ胡蝶の衣装を着て踊り出していた。秋子の亡夫の子供たちに、この役目を押しつけたのは秋子自身である。美津子の方はもちろん異存はなく、正の方は成駒屋も紋之助も虚を衝かれた形であった。事情を知っている観客たちも、今は秋子の技倆の前でこの配役を至極当然のものに思っている。

胡蝶の舞は、いわば秋子が後シテの獅子に扮装変えをする間のツナギであった。揚幕の中では裏方と衣装方と顔師が秋子に寄ってたかって、小姓の振袖を脱がせ、獅子の能衣装にきせかえ、高髷の鬘をとり、顔に紅隈を描《と》り、やがて白毛の獅子頭を冠せ上げた。狭い部屋の中で、総ての人が汗を流しながら、この作業を終るまで、誰も一言も言わず、沈黙の中で呼吸だけが聞えていた。秋子は、息を整えながら、姿見の中で獅子の姿勢を構え、ふと片隅にじっと控えている糸代に気づいた。

「糸代」

「はい」

「どうだったの？」

「…………」

獅子の顔の中で紅隈が躍り、黒い唇が裂けた。

「言いなさい！　どうだったの？」

「後で、楽屋にお戻りになってから」

糸代の怯《おび》えた顔を秋子は睨みすえた。

「言いなさい！　何を待たせようというの。何を怖がっているの！　さあ、言いなさい。どうだったの！」

「梅弥ちゃんは……」

糸代の声は、かすれていた。

「梅弥ちゃんの方は、多分助かります」

「子供は！」

「駄目でした。応急処置はみんなとったんですけど、骨盤の中のトゲみたいなところに頭が突きささって……」

「死んだって言うのね」

「はい。すぐ帝王切開に切りかえたらしいんですけど」

「…………」

「男の子だったそうです」

笛の音が、舞台から高く哀切を極めて流れてきていた。

「先生」

秋子の立った眼の前で、揚幕がチャリンと音をたてて曳かれた。

世の中に
絶えて花香のなかりせば、我はいづくに
宿るべき……。

白毛の獅子は、牡丹の咲き乱れ、胡蝶飛び交う舞台に、百獣の王の威厳をもって、静かに花道に現われ、かっと眼を瞠き、狂ったように踊り始めた。

花のをだまき繰返し、
風に柳の結ぶや糸の、ふかぬ其間が命ぢやものを
憎やつれなや其味さへも、わすれ兼ねつつ飛び交ふ中を
ぞつとそよいで隔つるは科戸の神の嫉《ねたみ》かや……。

観客は息を呑んで獅子の毛を振る秋子を見守っていた。三味線も、鼓《たいこ》も笛も、身をの

り出し、惹き入れられたように獅子に調子を合わせていた。脚を割り、腰を据えて、秋子は獅子の毛を振る。全身で振る。この重労働に女の躰は耐え難かったが、秋子は何も考えていなかった。いや、梅弥の子供が死んだことも思うまいとして彼女は踊っているのかもしれなかった。親の骨に頭を突きさされて死ぬ子供よりも不幸な者がこの世にいるだろうか。

そして、その不幸の種を蒔《ま》いたのは、猿寿郎であったのかもしれないし、秋子でもあっただろう。彼らを囚えている踊りという魔物の蒔いた種に違いなかった。獅子は狂い続けていた。「枕獅子」の本名題は「英《はなぶさ》獅子《しし》乱曲《らんぎよく》」と言う。その名題がもっとも相応しい踊りになっていた。

笛が入り、長唄はやがて毛を振終った獅子に奉祠するように、こう唄っていた。

それ清涼山の石橋《しやくけう》は人の渡せる橋ならず
法の功徳におのづから
出現なしたる橋なれば
暫く待たせ給へや、影向《やうがう》の時節も今いく程によも過ぎじ……。

解説

進藤純孝

「乱舞《みだれまい》」が上梓されたのは、昭和四十二年二月（集英社）。作者が「華岡青洲《はなおかせいしゅう》の妻」で女流文学賞（第六回）を受けた年のことで、この年『婦人公論』に連載した「出雲《いずも》の阿《お》国《くに》」は婦人公論読者賞を、また『文芸春秋』に連載の「海暗《うみくら》」は文芸春秋読者賞を獲得している。

つまり「乱舞」は、昭和三十一年度上半期の芥川賞候補となった「地唄《じうた》」以来、「紀ノ川」「助左衛門四代記」「香華《こうげ》」等の力作を発表し、手堅く文壇的地位を築いて来た作者が、「華岡青洲の妻」によって一ツの頂点に至り着いた、その最もみずみずしい筆によって紡がれたわけだ。

この作品の中頃に、

——物心ついてから、家元の血の流れている妹と、踊り下手の秋子は長い間いつも水をあけられて生きてきていた。千春がアメリカにいっていた間、秋子には奇跡が起って、俄かに踊りの魂が吹き込まれたように、橋本雅竜でさえ惹きつけるほどの舞手になっていたのに、それでようやく妹と連舞することも出来ると喜んでいたのが、妹の方では姉の心も思い及ばずただもう自分が家元になることだけを念じている。という一節がある。

妹千春の態度に、主人公の秋子が口惜しがる場面だが、その「ようやく妹と連舞することも出来ると喜んでいた」ところまでは、昭和三十八年六月に上梓（集英社）の「連《つれ》舞《まい》」に描かれている。

文庫「連舞」の解説の結びに、

——妹を得てからの二十余年の彼女の「数奇な運命」は、そのまま作者自身の青春を背負い、「自らの不可解な限定とその不自由さ」の中で、孤独と疎外と哀愁にまみれながら、惑い悶えのた打っている。

それだけに、「惑う暇があったら、こうして踊っていればいい」という彼女の、青春の頂点に立っての構えは、小説の締め木として見事であり、価値の相対化をもてあそぶばかりの現代人に、選びとる厳しさを訓えて深く勁く爽々しい。

と書いたが、女主人公の「青春の頂点に立っての構え」に見事と手を拍った解説者は、それから十年経った彼女の姿を「乱舞」に見出すことになる。

「私は変化したのではない。生れてから今日までのさまざまな出来事が、私を今日の私に育てたのだ。踊りがあったから、その中で幾度か紅も黛も白粉に溶けて、混沌として行方の分らないときが幾度かあったけれど、それが今日のこの肌を持った私に育て上げたのだ。変ったのではない、育ったのだ」

と、「乱舞」の秋子は述懐しているが、「連舞」の読者は、「乱舞」において「変ったのではない、育った」秋子と向い合うわけだ。

そういう意味で、「乱舞」は、「連舞」の後日譚とも、あるいは姉妹篇とも解せなくはないが、読み方としては邪道であろう。「連舞」で決まったものは〝それから〟を拒んでいる筈だし、「乱舞」も〝それまで〟を寄せつけずに、独自の決まりを求めている。

「惑う暇があったら、こうして踊っていればいい」と、新たな苦しみ悲しみに向って立った「連舞」の秋子は、「地唄」で文壇に躍り出た作者の覚悟を写しているか。そして、「自分より他に頼るものはない」と、自身の踊りにだけ賭ける「乱舞」の秋子は、十余年にして文壇の中央におし出された作者の意気地を背負っていはしまいか。

つながるように見えながら、前者は青年の主題であり、後者は壮年の主題である。青春のいかがわしさに揉まれながら、やっと平衡を保ち得た秋子と、人世のいかがわしさに翻弄されながら、ようやくに渡る呼吸を見つける秋子と。双方の訴えるものは、相似てしかし異質である。

さて、「乱舞」は、梶川流の家元である猿寿郎の急逝によって、騒然と展開し始めるのだが、

「あちらからも、こちらからも、ぶすぶすと、猿寿郎が始末もきりもつけ終らずに、しかしなんらかの形を残したものが、ぶすぶすと、不気味な臭気をもって浮かび上って来た」

という状況が、先ず人間というものを語って、筆のうま味を感じさせる。

梶川花の名を貰ったという美津子の娘、大阪の小紋の息子、米小村の抱え芸者梅弥のお腹の子。これら家元の名跡候補者の出現ばかりでなく、猿寿郎が「始末もきりもつけ終らずに」残したものは、有形無形それこそ裁きようもない。

「調子がよく、程がよく、それでいていつ寝首を掻くか分らない」こすからい一面は、葬儀の席では「悖徳《はいとく》の固まりのような」故人が、「頼もしい友人たち」によって、「棒引きにされて」、人徳を偲ぶ言葉だけが捧げられる。

「悖徳の固まり」とはよく言ったもので、絶頂期に急逝した猿寿郎は、人間のいかがわしさをありのままに生きて来た男なのに違いない。亡くなって友人知己は、彼をこすからいところなどない徳の人として始末をつけたが、始末とは恒にいかがわしさを棒引くことによってなされがちである。

自身では「始末もきりもつけ」なかった猿寿郎は、存分に呼吸したいかがわしさをそのままそっくり遺した。主人公の秋子が味わわねばならなかった「残されたものの重苦しさとやりきれなさ」は、人間の正体としてのいかがわしさの重さに他ならない。

けれども、妙なことには死という絶対の始末に託して、故人のいかがわしさは棒引きされ、それが遺した揉めごとだけに人は目を向ける。

「その始末に追われる妻こそいい迷惑というべきか」と、作者は情を寄せるふりをするが、迷惑を通して主人公が人間の正体に気づく成長をこそ願っている。

「家元というのは、いったい何なのだろう」と、始末の迷惑の中で、秋子は考えつづけるのだが、経済的に優位であり、流派の元締めとして内には強大な力を、外には輝かしい地位を示す家元なるものは、

「近代社会にあっては、実に不思議な存在」

に過ぎないものか。

「私のような旧弊者がそう思うのに、若い人らが子供を天一坊にして、あちこちで伊賀《いがの》亮《すけ》をきめこんでいるのは笑止千万ですなあ。当人たちはこの喜劇に気づいておらんのでしょうが」

と、橋本雅竜に言われ、「何から始まって家元に、今のような権威が付せられたのだろう」と、秋子はますます深刻になる。

が、「日本舞踊は芸術じゃないですよ」と嘲り、「楽屋があぁ乱れていたのでは、舞台だけ切り離せるわけがない」と罵る崎山勤に、

「いいえ、楽屋に起るさまざまな出来事を、切りぬけくぐりぬけた者だけが、舞台で踊

と答えたとき、秋子は、家元の本質に眼を開いていたのではないか。

日本舞踊の世界も、人の組み成すものすべてがそうであるように、いかがわしさの固まりである。人がみなその正体であるいかがわしさをむき出しにして、相寄り、相弾き、てんやわんやの泥濘《ぬかるみ》である。

しかも、人は誰でも、自身の、他人のいかがわしさをもて余し、この厄介至極な、あいまいな、不安定な、中途半端な、不均衡な状態から脱け出そうと願い、足掻《あが》き、踠《もが》き、必死になる。

その脱出を可能にするものは、足掻き踠く生きざまを、緊張と弛緩と飛躍に捉えながら、図式に決め、構図に昂め、形式に治めて、絶対の世界に吸収する作業であろう。

「切りぬけくぐりぬけ」るために、人が神を、仏を、権威を求めつづけるのは、そのためである。舞台もまた、一つの絶対の世界であり、舞うことも踊ることも、そこに決まらなければ、しょせん足掻きであり、踠きでしかない。

そして、家元とはその舞台の象徴であり、舞う人、踊る人にとって、舞台が憧憬であるように、家元はなくてはならぬ存在なのだ。舞い、踊る人が、いかがわしさが正体の人間であり、そのいかがわしさ故に喜怒哀楽を繰返す限り、決める世界として家元を必要とするのは当然である。

始末するとは、本当は決めることであり、いかがわしさを棒引くなぞで果せるわけはない。始末に追われた果てに、秋子は、いかがわしさを「切りぬけくぐりぬけ」るしかないと悟ったようである。

「舞台で踊ることができる」人となったとき、秋子は家元としての資格を身につけたのであり、亡き猿寿郎のいかがわしさの始末に一つの形をつけ得たのである。

それを促したのは、「自身もまた家元の座を誰にも渡したくないという執着を持ち始めている」いかがわしさに気づいた秋子の怜悧だろうか。

結び、「英獅子乱曲《はなぶさしししのらんぎょく》」を踊りつづける秋子の姿は、自他のいかがわしさを切りぬけて一つの決まりに辿り着き、またいかがわしさに突き戻されては、くぐりぬけて次なる決まりへと寄って行く彼女の人生の目次かも知れない。

ともあれ、人間を描くということは、そのいかがわしさの奥を探ることであり、棒引く安易を拒んだところに文学の実ることを考えれば、この作の価値も自ら明らかであろう。

この作品は一九六七年二月、集英社より刊行されました。

〈読者の皆様へ〉

本作品には「手足のちゃんとついた、まっとうな子供」「石女」「ツンボ桟敷」「手に水掻きなんか付いてませんように、指の数は揃ってますように」などの身体障害者や女性に対する差別語や、これに関連した差別表現があります。これらは差別を拡大、助長させる言葉で現在では使用すべきではありませんが、本作品が発表された時代（一九六七年）には社会全体として、人権や差別に関する認識が浅かったため、このような語句や表現が一般的に使われており、著者も差別助長の意図では使用していないものと思われます。また著者が故人のため、作品を改編することは、著作権上の問題があり、原文のままといたしました。

（編集部）

集英社文庫　目録（日本文学）

新井素子　チグリスとユーフラテス(上)(下)
新井友香　祝　女
嵐山光三郎　日本詣で　ニッポンもうで
嵐山光三郎　よろしく
荒俣宏　日本妖怪巡礼団
荒俣宏　風水先生
荒俣宏　怪奇の国ニッポン
荒俣宏　レックス・ムンディ
荒山徹　鳳凰の黙示録
有川真由美　働く女《ひと》！　38歳までにしておくべきこと
有島武郎　生れ出づる悩み
有吉佐和子　連《つれ》舞《まい》
有吉佐和子　乱《みだれ》舞《まい》
有吉佐和子　処女連《れん》禱《とう》
有吉佐和子　更紗夫人
有吉佐和子　仮縫

有吉佐和子　花ならば赤く
安東能明　聖域捜査
安東能明　境界捜査
安東能明　伏流捜査
伊岡瞬　悪寒
伊岡瞬　不審者
井形慶子　運命をかえる言葉の力
井形慶子　英国式スピリチュアルな暮らし方
井形慶子　イギリス人の格　「今日できること」からはじめる生き方
井形慶子　日本人の背中　欧米人はどこに惹かれ、何に驚くのか
井形慶子　好きなのに淋しいのはなぜ
井形慶子　ロンドン生活はじめ！　50歳からの家づくりと仕事
井形慶子　イギリス流　輝く年の重ね方
井川香四郎　与太郎侍
井川香四郎　与太郎侍　江戸に花咲く
生馬直樹　雪と心臓

生馬直樹　誘拐の代償
池寒魚　隠密絵師事件帖
池寒魚　ひとだま　隠密絵師事件帖
池寒魚　赤心　隠密絵師事件帖
池寒魚　いきづまり　隠密絵師事件帖
池寒魚　画鬼と娘　明治絵師素描
池井戸潤　七つの会議
池井戸潤　陸王
池井戸潤　アキラとあきら(上)(下)
池井戸潤　ハヤブサ消防団
池内紀　ゲーテさん　こんばんは
池内紀　作家の生きかた
池内紀　二列目の人生　隠れた異才たち
池上彰　これが「週刊こどもニュース」だ
池上彰　そうだったのか！　現代史
池上彰　そうだったのか！　現代史　パート2

集英社文庫　目録（日本文学）

集英社文庫

乱《みだれ》　舞《まい》

1980年2月25日　第1刷
1994年1月15日　第16刷
2025年6月16日　改訂新版　第4刷

定価はカバーに表示してあります。

著　者　有吉佐和子《ありよしさわこ》

発行者　樋口尚也

発行所　株式会社　集英社
東京都千代田区一ツ橋2-5-10　〒101-8050
電話【編集部】03-3230-6095
【読者係】03-3230-6080
【販売部】03-3230-6393（書店専用）

印　刷　株式会社広済堂ネクスト

製　本　株式会社広済堂ネクスト

フォーマットデザイン　アリヤマデザインストア　　マークデザイン　居山浩二

ISBN978-4-08-746479-5 C0193